经
典

CLASSIC

总统书架

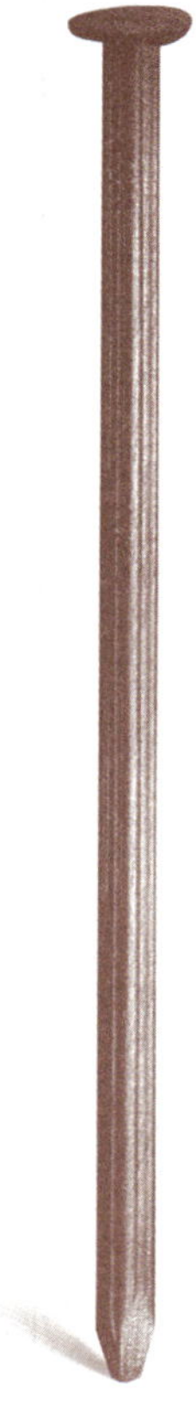

自立

Self-reliance

[美]拉尔夫·沃尔多·爱默生 著
RALPH WALDO EMERSON
蒲隆 译

中国人民大学出版社
·北京·

总 统 书 架

译者前言

拉尔夫·沃尔多·爱默生（1803—1882 年）是美国思想史和文学史上最有影响力的人物之一。爱默生出生于波士顿一个牧师世家，但他 8 岁丧父，家境开始没落，孀居的母亲一人苦心经营，拉扯、教育 5 个儿子。爱默生曾在波士顿拉丁学校和哈佛大学求学。1821 年他从哈佛大学毕业以后，曾教过几年书，1825 年又上了哈佛神学院，1829 年被任命为波士顿第二教堂牧师。尽管他工作非常称职，布道受人欢迎，但他的独立自主精神与当时的基督教规范不合，因此于 1832 年主动辞职。随后他先后三次游历欧洲，拜访了英国浪漫主义大诗人柯勒律治、华兹华斯等人，并且跟散文大师卡莱尔成了终生不渝的朋友。初次欧洲旅行归来后，他定居在离波士顿不远的康科德镇，后来成了康科德的“圣人”。他在那里建立了一个“超验主义俱乐部”，跟梭罗、霍桑等一些文人探讨哲学、神学和文学。此后他潜心于读书写作，到很多地方去演讲，除了1842年至1844年主编过同人刊物《日晷》外，没有担任什么具体职务。

爱默生的散文著作除了《论自然》这本薄书和未收编成集的一些篇章，绝大多数都是演讲录。演讲中最有名的要数《美国学者》(1837年)和《神学院演讲》(1838年)。前者被爱默生同时代的著名作家、哈佛大学教授霍姆斯誉为美国的“思想独立宣言”。爱默生认为，美国学者应当破除清规戒律，要通过研究自然，通过实际行动，尤其通过直觉来认知真理。学者必须集当代的才能、过去的贡献、未来的憧憬于一身。学者应当自由而勇敢，将生活转化为真理，做自己时代的代言人。《神学院演讲》则有意成为一篇宗教独立宣言。爱默生一再强调：人与自然具有精神上的统一性，人可以不通过中介，直接与上帝沟通。他强调道德情感、宗教情感。他认为牧师的最大秘诀就是把生活化为真理，而不是搞形式主义，做僵化空洞的说教。由于抨击了形式主义的传统宗教，鼓吹直觉的精神体验，这篇演说得罪了当时的宗教人士。哈佛大学此后近30年未邀请他进入该校演讲。

《随笔：第一集》(1841 年)和《随笔：第二集》(1844 年)也是在讲稿的基础上加工而成的。第一集收入 12 篇文章；第二集收入 9 篇文章。这两本著作奠定了爱默生的声名。这 20 多篇文章尽管题目不同，但都贯穿着所谓“超验主义”的中心思想：

（1）强调灵魂的最高价值。神圣的灵魂存在于每个人身上，而且是相同的。每个人身上都有神圣的火花，有获取一切知识的手段。上帝就是“超灵”。超灵可以畅通无阻地进入每个人的灵魂，每个人的灵魂也可以畅通无阻地进入超灵，每个人都可以与上帝沟通。

（2）强调自然。认为自然是灵魂的影像或外部表现，是上帝的一种投射，“是上帝投在我们感官上的巨大的影子”。每一个自然法则在人的脑海里都有一个对应物，所以自然法则与精神法则是完全对应的。物质因素与精神因素非常相近，只不过前者代表较低层次上的活动罢了。

（3）要完全地展现个人灵魂的能力，个人是发现真理的唯一工具。每个人必须是坚定的追求者，必须通过自身为自己发现上帝，其途径是完全服从或彻底相信个人直觉。所以，爱默生强调独立自主的个人应当求助于单独的自省和个人的经历，而不是依靠传统和他人。

1850年出版的《代表人物》也是一组演讲稿，共7篇文章。这本书显然与他的朋友卡莱尔的《英雄、英雄崇拜和历史上的英雄事迹》(1841年)有相似之处。不过卡莱尔崇拜伟人，对他们追求权力、掌控群众的无情做法也表示赞赏，而爱默生将伟人称作“代表人物”，是因为他把这些人看作各自的时代和民众的代表。这与时势造英雄的观点有相似之处。

《英国特色》是他1832年和1847年两次访问英国的见闻和观感。1848年以它们为题材作演讲，1856年出书。几年前，中央电视台播放了一组总题目为《大国的崛起》的专题片，其中有关于英国崛起的部分。《英国特色》对读者认识这个民族会有极大的帮助，其效果远远胜过一般的历史论著和国情概述。

1860年爱默生又出版了一本散文集《生活准则》，也是由演讲稿整理而成的。

爱默生还是一位诗人，他出版过两部诗集，诗歌富有哲理性，独具一格。

不过，爱默生最大的成就还是在散文。他的散文与培根的一样，警句格言频出。如他在鼓吹个人主义时在不同的文章中写道:

“严格地讲，没有历史，只有传记。”

“文明史和自然史，艺术史和文学史，都必须从个人历史的角度来解释，否则就必然是空话。”

“每一个真正的人就是一个起因，一个国家，一个时代；他需要无限的空间、人物和时间完成他的构想——而子孙后代就像一串随从，紧紧追随着他的脚步。”

他在宣扬“自助”时又讲：

“所以谁要做人，决不能做一个顺民。”

“坚持你自己，千万不要模仿。”

“旅游是傻瓜的天堂。”

他的超验主义观点则是：

“宇宙是活的。万物是有道德的。灵魂如果在我们身内就是一种感情，在我们体外，就是一种规律。”

然而，爱默生的随笔在其他很多方面跟培根的大相径庭，它不像培根的随笔那样短小严密，而是像密西西比河水滚滚而来，有一发不可收的磅礴气势，使人想起惠特曼的诗。爱默生写道：“上帝说话的时候，他应当传达的不是一件事，而是所有的事。”所以他的文章大有吐尽自己一切观点的架势，也就顾及不到段落的衔接过渡、层次的井然有序。他的文章充满了激情，不像培根的那样客观冷静。所以人们一致认为爱默生的文章是以句子为单位的。

爱默生没有形成一套系统的哲学体系，但他博览贯通，熔希腊的柏拉图古典哲学、德国的唯心主义哲学、法国的折中主义哲学、印度的神秘主义哲学及中国的孔孟哲学于一炉，形成了他自己的思想风格和文章风格。

爱默生一生孜孜不倦地阅读、写作、演讲，个人生活中经受过多次丧亲的不幸，但他总能振作起来。他这种乐观主义精神处处体现在他的作品中，这也是美国民族精神的体现。除生前发表大量的散文、诗歌、演讲录，他一生大部分时间坚持记日记、写笔记。实际上，他的很多文章都是在他的日记和笔记的基础上加工而成的。后人把他的日记编为 10 卷出版。有人又将日记和札记编在一起，共 16 卷。他的书信集为 6 卷。这些材料对研究爱默生是极其宝贵的。爱默生的思想影响了和他同时代的梭罗、惠特曼、狄金森等一流的作家，20 世纪的诗人 E. A. 罗宾逊、弗罗斯特、斯蒂文斯、哈特 · 克莱恩等都受了他的极大影响。他同时代的大小说家麦尔维尔、霍桑虽然并不赞成他的观点，但都受到他的启发，从不同角度来探讨同样的问题。

目 录

contents

历史

创造万物的灵魂，

心目中大小不分，

所到之处万物生，

五洲四海留行踪。

我拥有整个地球，
也把七星和太阳年占有，
还有恺撒的手和柏拉图的头脑，
基督的心和莎士比亚的诗稿。

对所有人来说，存在着一个共同的心灵。每一个人都是一个入口，通向这同一个心灵，以及它的各个方面。人一旦获得了理性的权利，他就成为拥有全部财富的自由人。柏拉图思考过的，他也可以思考；圣徒感受到的，他也可以感受；任何时候任何人的遭遇，他都能够理解。谁一旦进入这一普遍的心灵，谁就参与了一切现有的或可行的活动，因为这是独一无二、至高无上的力量。

历史是这一心灵工作的记录。它的精神由一连串的岁月来阐明。人只有靠他的全部历史来做出解释。不慌不忙，无止无休，人的精神从一开始出发就把属于它的每一种本领、每一种思想、每一种感情，体现在适当的事件中了。然而，思想总是先于事实，所有的历史事实都以规律的形式预先存在于心灵里。反过来，每一条规律又是由起主导作用的环境造成的，而自然的限制只能一次使一个规律发挥作用。人是一整部事实的百科全书。一千座森林的创造包孕在一颗橡实里，而埃及、希腊、罗马、高卢、不列颠、美国，已经蕴藏在第一个人身上了。一个时代又一个时代，野营、王国、帝国、共和国、民主国，仅仅是把一个人的精神应用到这个多元化的世界上罢了。

心灵写出了历史，心灵又必须阅读历史。斯芬克斯必须解她自己的谜。如果全部历史体现在一个人身上，那么全部历史就需要从个人经历的角度来解释了。我们一生中的时时刻刻与千秋万代都息息相关。我所呼吸的空气是从大自然的仓库里吸取来的，我书上的亮光是从亿万英里之遥的星球上发出来的，我身体的均衡依赖于离心力和向心力的平衡。同样的道理，时刻应当受时代的指导，时代应当被时刻来说明。所以每一个人是普遍心灵的又一个化身。它的所有特点都表现在他身上。他个人经历中的每一件新鲜事情都闪现着千千万万人的所作所为，而他生活中的危机又与民族危机休戚相连。每一场革命最初都是一个人心灵里的一种思想，一旦同一种思想在另一个人的心灵里出现，那对于这个时代就至关重要了。每一次改革原先只是一个人的见解，一旦它又成为另一个人的见解，它就会解决那个时代的问题。别人叙述过的事实必须符合我身上的某种情况，才显得可信、可理解。在读书的时候，我们必须变成希腊人、罗马人、土耳其人、教士和国王、殉道者和刽子手，必须把这些形象拴到我们秘密经历中的某种实体上，否则我们就不能正确地学到任何东西。哈斯德鲁巴或恺撒·波吉亚的遭遇跟我们的遭遇一样，都是关于心灵的能力和堕落的一种例证。每一种新的法律和政治运动对你来说都是有意义的。你就站在它的每一个旗号前说："在这个面具下面隐藏着我的普罗透斯式的性格。"这就纠正了我们太接近自己的毛病。这就使我们的行为客观逼真地展现出来：螃蟹、山羊、蝎子、秤、水壶，用做黄道十二宫的标志时，一下子成了非同小可的东西。同样的道理，在所罗门、亚西比德、喀提林这些古人身上，我能够冷静地看到我自己的罪恶。

正是这种普遍的性质给特殊的人和物赋予了价值，由于包含了这种普遍的性质，人生就显得神秘莫测，不可侵犯，我们还用种种刑法来加以卫护。所有的法律从而取得了它们的根本理由，一个个都或多或少地表明它掌握着这种至高无上、无穷无尽的精髓。财产也把持了灵魂，包容了重大的精神事实。因此，出于本能，我们一开始就用刀剑和法律，用广泛复杂的联合机构来卫护它。对这一事实哪怕有一点模糊的认识，就等于白昼有了光明，就等于提出了最重要的权利，就等于发出了受教育、行正义、施慈善的要求，就等于奠定了友谊和爱情的基础，奠定了英雄主义与丰功伟业的基础。我们总是不自觉地以高人一等的态度来读书，这是很值得注意的。通史、诗人、传奇作家，在他们所描绘的最壮丽的场面里——在僧侣、帝王的宫殿里，在意志或天才的成就中——从来没有使我们失去注意力和同情，从来没有使我们有冒昧闯入和高不可攀的感觉；一睹他们雄浑阔大的笔触，我们反而觉得安闲自得。莎士比亚所说的有关国王的话，那边坐在角落里读书的柔弱的小孩读起来觉得对他也一样适用。我们对伟大的历史时刻、伟大的发现、伟大的抗争、人类的繁荣昌盛，都产生了共鸣——因为在那里，为我们制定了法律，探索了海洋，发现了陆地，实施了打击，就像我们自己在那种场合也会那样做，那样欢呼一样。

我们对形势和性格也有同样的兴趣。我们尊敬富人，因为他们外表上具有自由、权力与风度，我们感到这些都是人类所固有的。因此，斯多葛、东方或现代作家所讲的关于智者的话，在每个读者看来，都描写了他自己的思想，描写了他尚未达到然而可以达到的自我。一切文学都描写了智者的性格。书籍、纪念碑、图画、会话，都是一幅幅画像，每一位读者都可以从中发现他正在形成的容貌。沉默者和雄辩者都赞扬他，跟他攀谈，他无论到哪里都受到激励，好像他本人被暗暗提及似的。因此，真正有进取心的人绝对用不着追求言语上的赞美。在人们说的关于性格问题的每一句话中，甚至在每一个事实与环境中——在哗哗的河水和沙沙的谷田里，他都听到了赞语，不是赞美他自己，而是赞美他所追求的性格，但听起来比赞美自己更加甜蜜。从寂静的大自然，从崇山峻岭，从日月星辰的光辉中，暗示出了赞美，表达出了敬意，流露出了爱恋。

学者阅读历史应当持积极的态度，而不是消极的态度。他应当把自己的生活视为正文，把书籍看作注解。这样一来，历史的缪斯就不得不发出神谕，而对不尊重自己的人从来是不这样做的。如果有人认为声名远扬的人物在古代做过的事就比他今天正在做的事意义深远，我不指望他会正确地阅读历史。

这个世界之所以存在，就是为了教育每一个人。历史上每一个时代、每一种社会形态、每一个行为方式，跟每个人的生活休戚相关。每一件事物都倾向于用奇妙的方式缩略自己，并把自己的优点贡献给每一个人。他必须足不出户，免受国王、帝国欺凌之苦，却知道他比世界上的一切地理、一切政府都要伟大；他必须把普通读史的观点从罗马、雅典和伦敦转移到自己身上，他必须确信他就是法庭，如果英国或埃及有话要对他说，他就要审判这个案件；如果没有，就让它们永远保持沉默。他必须养成并保持那种高尚的见地，事实从此透露出它们秘密的含义，诗歌与编年史也会如此。在我们利用重大的历史记载的时候，心灵的本能、自然的目的就会暴露无遗。时间把事实峥嵘的棱角化为闪光的以太。没有一个铁锚，没有一个巨缆，没有一个篱笆会使一个事实永远是事实。巴比伦、特洛伊、推罗、巴勒斯坦，甚至早期的罗马，都已经快成为虚构的故事了。伊甸园，日头停在基甸，后来已成为世界各国的诗歌了。当我们已经把事实制成一个星座挂在天空，当成一个不朽的标志时，谁还管什么事实呢？伦敦、巴黎、纽约必须走同一条路。“历史是什么？”拿破仑说，“不过是约定俗成的一则寓言罢了。”我们生活的四周点缀着埃及、希腊、高卢、英国、战争、殖民化、教会、法庭、商业，就像点缀着许多花朵和杂乱无章的装饰品，有的严肃，有的轻佻。对于这些，我无意再做更多的标榜。我相信永恒。我能够在自己的心灵里发现希腊、亚洲、意大利、西班牙、英伦三岛——每个时代、所有时代的天才和创造原理。

我们总是在我们私人的经历中提出引人注目的历史事实，并且就地加以证实。这样，一切历史都变成主观的了。换句话说，严格地讲，没有历史，只有传记。每一个心灵必须亲自汲取全部教训——必须重温全部课题。凡是它没有看见的，凡是它没有经历过的，它就不会知道。为了便于掌握，以前的时代已经把一些东西概括为一个公式或一条法则，可是那条法则被一堵墙阻隔着，每个心灵就没有机会亲自加以检验，从中得到裨益。在某种场合，某个时候，心灵将会要求补偿这一损失，办法就是亲手干一干这项工作。弗格森所发现的许多天文学上的东西都是人们早已熟知的。然而，他本人从发现中获益匪浅。

历史必须如此，否则它就不值一提。国家制定的每一条法律都表明了人性中的一件事实，如此而已。我们必须在自己身上看到每一件事实必不可缺的理由——看出它能够怎样，必须怎样。就这样来对待每一件公事和私事，对待柏克的一篇演说，对待拿破仑的一次胜利，对待托马斯·莫尔爵士、西德尼、马默杜克·罗宾逊的殉难，对待法国大革命的恐怖时期，对待萨勒姆绞死女巫的事件，对待一种狂热的宗教复兴，对待巴黎或普罗维登斯的动物催眠术。我们假定我们在同样的影响下应当受到同样的感染，应当取得同样的成就；我们的目的是在智力上把握好脚步，然后达到我们的同伙，也就是我们的代表所攀上的高峰或所堕入的深渊。

一切对于古代的探索——对金字塔，对发掘出的城市，对“悬石坛”，对“俄亥俄圆圈”，对墨西哥，对孟菲斯的一切好奇心——都是一种欲望，要结束这种野蛮、荒谬的“彼地”或“彼时”，用“此地”和“此时”取而代之。贝尔佐尼在底比斯的木乃伊坑和金字塔里又是挖掘，又是测量，到了后来，他竟然发现那种怪异的工程跟他自己没有什么区别了。最后，他使自己彻底地相信：这项工程的建造者也是他这样的一个人，装备相同，动机相同，就连目的也是他自己应该努力达到的目的。这时候，问题就迎刃而解了。他的思想跟一座座庙宇，一尊尊狮身人面像，一处处地下墓穴紧紧联系在一起，并且心满意足地在它们中间游历了一番，对他的心灵来说，它们又复活了，或者成了“此时”。

一座哥特式教堂确认它是我们建造的，又不是我们建造的。当然它是由人建造的，然而我们并没有在我们的人身上发现它。可是我们却潜心研究它的建造史。我们把自己摆在建造者的地位与状况上。我们回忆起森林里的居民、最初的寺庙，然后坚持最初的造型，后来，伴随着国家财富的增加而加上了装饰。木头一经雕刻就身价百倍，于是对一座教堂堆积如山的石头也加以雕琢。我们把这一过程考察过后，再加上天主教会，它的十字架，它的音乐，它的仪式队列，它的圣徒纪念日和偶像崇拜，这样一来，我们就可以说是建造那座大教堂的人了；我们已经看出了它能够怎样，必须怎样。我们有了充分的理由。

人与人之所以千差万别，就在于他们奉行的联系原则大相径庭。有的人对物品分类，根据的是颜色、大小和外形上的其他一些附带属性；有的人分类，根据的则是内在的相似之处，或者是因果关系。智力越进步，就把原因看得越清晰，并不注意表面上的差异。在诗人、哲学家、圣徒的心目中，万物都是友好的、神圣的，万事都是有益的，天天都是圣日，人人都是圣人。因为他们的目光紧盯在生活上，所以对境遇就不甚重视。每一种化学物质，每一个植物，每一个动物，都在发展变化之中，它们教会了我们内因的一致性和外表的多样性。

创造万物的大自然像云朵和空气一样柔软、流动，既然我们被她支持着，包围着，为什么我们还要做那种顽固的学究，一味把寥寥几种形式加以夸大呢？为什么我们该注重时间，注重大小，注重外形呢？灵魂不了解这些，而天才由于遵守自身的规律，才知道怎样玩弄它们，就像一个小孩跟白胡子老头儿们戏耍，在教堂里游玩一样。天才对漫不经心的思想都要研究，而且深入到事物的胚胎时期，他们看见光线怎样从一个天体上发出，在普照大地以前是怎样射向四面八方的。天才透过形形色色的伪装注视着单原子元素，因为它促使自然界轮回转生。天才透过苍蝇，透过毛虫，透过蛴螬，透过卵，发现那永恒不变的个体；透过无数的个体，看到了固定的种；透过许多种，看到了属；透过所有的属，看到了固定不变的类型；透过所有的有机生命界，看到了永恒的统一。自然是一朵多变的云，始终相同，而又永远不同。她把同一个思想铸成许多许多的形式，就像一个诗人用一个寓意写成许多则寓言一样。由于物质的粗野和坚韧，一个敏锐的精神可以把万物随心所欲地扭曲。坚硬的东西在它面前化为柔软而又明确的形状，可是就在我看它的时候，它的轮廓和结构又改变了。没有任何东西像形式那样转瞬即逝，然而它决不完全否定自己。在人身上，我们仍然可以觉察到种种迹象，我们认为这是低等族类奴性十足的标志。在人身上，这些东西反而增强了他的高贵与优雅。就像埃斯库罗斯作品中的伊娥变成了一头母牛，简直不可思议，可是作为埃及的伊西斯女神，她遇见了奥西里斯主神，于是又成了一个绝色丽人，不留一丝变形的痕迹，只有一对新月形的角成了她眉毛上绝妙的装饰，真是变幻莫测！

历史的同一性都是内在的，多样性都是明显的。表面上是层出不穷的事物，核心里却只有简单明了的原因。一个人的行为何其多，但我们从中认出的却是同一种性格。看一看我们有关希腊天才的信息来源吧！我们有希罗多德、修昔底德、色诺芬和普鲁塔克所撰写的那个民族的文明史，详尽地描述了他们是什么样的人，做过什么样的事。我们看到同一民族心灵又一次表现在他们的文学里，也就是史诗、抒情诗、戏剧和哲学里，这是一套非常完备的形式；我们发现这种心灵又一次反映在他们的建筑里，它本身就是一种有节制的美，局限于直线和方块——一种建造组合成的几何图形；我们发现它又一次表现在雕刻里，那是“欲言又止的舌头”，丰富多彩的形态，自由奔放的动作，而又不触犯那理想的宁静，犹如善男信女们在诸神面前表演某种宗教舞蹈，虽然疼痛得痉挛，或者在殊死地拼搏，决不敢在他们舞蹈的造型和礼仪上出现破格行大。这样，关于一个杰出的民族的天才，我们有一种四重的表现：对于感官来说，还有什么能比一首品达的颂歌、一尊大理石半人半马怪兽、帕特农神庙的石柱和福西翁临终的行为更风马牛不相及的呢？

每个人观察过一些面孔与形体，它们虽然没有相似的特征，却给观察者留下一种相同的印象。某一幅画或一本诗集，即便它没有唤起一连串的形象，也会添加一种山野漫步之类的情趣，虽然对我们的感官来说，这种相似之处绝不明显，但它是玄妙莫测，不可思议的。大自然只是对寥寥几种法则无休无止地加以组合和重复。她哼着那支古老的名曲，只是调子变化无穷而已。

大自然的全部作品充满了一种崇高的家族历史：她喜欢在最出人意料的地方表现出一种相似，使我们惊讶不已。我看见过森林里的一位老酋长的头，它立即使我想起一座光秃秃的山顶，额上的一条条皱纹使人联想到一层层的岩层。有些人的仪态具有一种本质上的华贵，就像帕特农神庙中楣上简朴而又使人肃然起敬的雕像和最古老的希腊艺术的遗迹。各个时代的书籍中都可以发现同样格调的作品。圭多的壁画《曙光女神》只不过是一个清晨的遐想，就像画里的骏马只不过是清晨的一朵云霞一样。如果有人不怕麻烦，愿意观察他在某种心情中乐意做和不愿做的种种活动，他就会看到这条近似链有多么粗厚。

一位画家告诉我，谁若不多多少少变成一棵树，谁就画不了树。谁仅仅研究小孩的体形轮廓，谁也画不了小孩，而只有花一段时间去观察他的动作和游戏，等画家进入了他的性格，才能挥洒自如，把他的各种形态画出来。所以就有罗斯“进入一只羊的性格深处”之说。我认识一个制图员，被雇来做一种公共测量工作，他发现只有把岩石的地质结构给他讲清楚，他才能画那些岩石的草图。各种各样的工作都起源于某一种思想状态。相同的是精神，而不是事实。艺术家之所以有把他人的灵魂唤醒去参与某种活动的力量，他靠的是一种更加深沉的领悟，主要的倒不是辛辛苦苦地去练就种种手艺。

有人说：“普通的灵魂靠干活带来收益，高尚的灵魂靠他们自身赢得好处。”这是为什么？因为一个深沉的性格以它的行动和语言，以它的容貌和神态，在我们的心中唤起的力与美等于一陈列馆的雕像或绘画所提供的。

文明史和自然史、艺术史和文学史，都必须从个人历史的角度来解释，否则就必然是空话。没有一样东西不跟我们发生关系，没有一样东西不使我们产生兴趣——王国、大学、树、马，甚至蹄铁；人是万物之源。圣克罗齐教堂、圣彼得大教堂的圆顶只不过是对一个神圣的原型所做的蹩脚的仿造。斯特拉斯堡大教堂则是施泰因巴赫人埃尔文灵魂的体现。真正的诗歌就是诗人的心灵；真正的船就是造船人。如果我们可以把人剖开，我们就会在他身上看出他作品最后一些笔路产生的理由，犹如海贝的每一根壳针，每一种色彩，都预先存在于水生动物的分泌器官里一样。全部的纹章学和骑士制度都寓于礼仪之中。一个彬彬有礼的人会把你的名字念得珠圆玉润，就是贵族头衔也难以产生这样的效果。

每天的琐碎经验总是在向我们证实某个古老的预言，并把我们听而不闻的语言和视而不见的迹象化为实物。一位女士跟我一块儿在森林里骑马时对我说，她总觉得森林在等待着，仿佛里面住的神灵暂停了他们的活动，等着行人通过似的。这一种思想已经有诗歌在描绘仙女们的舞蹈时加以歌颂：人的脚步一临近，舞蹈就中止了。谁若在午夜看见月亮升起冲破云围，谁就等于像天使一样亲眼目睹了创造光明、创造世界的情景。我记得在一个夏日的田野里，我的同伴把一块宽阔的云彩指给我看，它跟地平线平行，可能延伸了四分之一英里宽，像极了教堂里画的小天使的样子：中央有一个圆块，很容易添上眼睛与嘴巴，把它点缀得活灵活现，两边又有一双展开的对称的翅膀支撑着。什么东西只要在空中出现一次，就可能经常出现，毫无疑问，它就是那种人们非常熟悉的装饰品的原型。我在夏日的天空里看见过一连串的闪电，它立即向我显示：希腊人所画的天神手中的雷电，得之于大自然。我看见过石墙两边的积雪，它显然使人想到紧贴在一座塔上的普通建筑上用的漩涡饰品。

只要置身于原来的环境中，我们就会把建筑上的式样和装饰重新一一发明出来，因为我们看到每一个民族是怎样装饰自己的原始住所的。陶立克式的神庙保存着陶立斯人所住的小木房子的遗风。中国的宝塔显然是鞑靼人的帐篷。印度和埃及的神庙仍然流露出他们祖先的坟墩和地下住房的痕迹。“用天然岩石建房造墓的习惯”，黑伦在他的《埃塞俄比亚人研究》中说，“自然而然地决定了努比亚的埃及建筑的主要特色，就是造型宏大。在这些自然形成的洞穴里，眼睛看惯了巨大的形体，因此，一旦艺术前来帮衬自然，它如果不想自轻自贱，就不能搞得小里小气。那些厅堂宏大无比，只有巨人才配坐在前面当看守人，或者靠在里面的柱子上，而一般尺寸的雕像，整齐划一的门廊和侧厅，与那些庞然大物联系在一起，会成什么样子呢？”

把森林里枝杈交错的树木加以改造，形成一个喜庆或庄严的连拱廊，这显然就是哥特式教堂的起源，因为那些裂开的柱子上的箍带依然暗示出捆扎它们的绿色坚韧的枝条。凡是在穿过松林的路上走过的人，没有一个不觉得这片树林具有建筑物的外貌，尤其在冬天，别的树木光秃秃的形象更加突出了撒克逊人这种低矮的拱门。在树林里，一个冬天的下午，一个人从那交错的秃枝之间眺望西天的色彩，就很容易从中看出装饰哥特式教堂的五彩玻璃的起因。凡是爱好大自然的人，一走进牛津古老高大的建筑群和英格兰的大教堂，没有一个不感到森林征服了建筑师的心灵，他的凿子、他的锯子、他的刨子，仍然在再现森林的蕨草，森林的穗状的花朵，森林的刺槐、榆树、橡树、松树、枞树和云杉。

人无餍地要求着和谐，哥特式教堂就是被这种要求所征服了的石头开了花。一座花岗岩的石山绽开成一朵永不凋谢的花朵，不但有植物美所具备的比例匀称、浓淡有致的特点，而且具备了它的轻盈、优雅的神韵。

同样，公共的事情应当个性化，个人的事情应当一般化。所以，历史既要变动，又要真实；传记既要深沉，又要崇高。波斯人的建筑具有纤细的柱身和柱头，这显然是仿效莲花与棕榈的茎和花的结果；同样的道理，波斯的宫廷在它辉煌的年代一放弃野蛮部落的游牧生活，就离开他们度春的埃克巴坦拿，旅行到苏萨消夏，然后，再转移到巴比伦过冬。

在亚洲和非洲的早期历史中，游牧和农耕是两种敌对的事实。亚洲和非洲的地理迫使人们过着一种游牧生活。然而对那种受土地或市场之利的引诱建立了城镇的人来说，游牧民族就显得十分可怕了。所以农业就成了一种宗教性指令，因为游牧生活危害国家。在英国和美国这些近代的文明国家里，这些倾向仍然在国家和个人身上继续着从前的战斗。非洲的游牧民族由于牛虻的袭击，不能无所顾忌地到处漫游，因为牛虻把牛群叮咬得发狂，所以迫使该部落在雨季迁徙，将牛群赶到多沙的高原地区。亚洲的游牧民族，月月都在追随牧草。美国和欧洲的游牧生活则出于贸易与好奇。从阿斯塔波拉斯河的牛虻到波士顿湾的英国狂和意大利狂，肯定是一种进步。有一些圣城必须定期朝觐，严法厉俗有意加强民族联系，这对古代的漫游者就是一种约束；而久居一地的累积价值则是对当前巡游的遏制。这两种倾向的对抗在个人身上也同样活跃，有时爱冒险，有时爱休息，就看哪一种倾向恰好居支配地位了。一个体质健壮、精神饱满的人具有迅速适应环境的能力，他坐在自己的车里，走南闯北，就像卡尔梅克人一样容易。在海上，在森林里，在雪地里，他照样睡得暖，吃得香，交往得愉快，就像在自家的壁炉边一样。要不，也许他的机敏更深地藏在范围更广的观察能力中，他的眼睛不论看到什么新鲜事物，这种能力都会使他产生多方面的兴趣。畜牧民族贫困、饥饿到走投无路的程度；而这种精神上的游牧生活发展过度，就会把精力消耗到杂七杂八的东西上，导致心灵的崩溃。另一方面，那种足不出户的机智倒是一种节制或满足，因为它在自己的土地上发现了生命的一切元素；如果不从外地输入一些新东西加以刺激，它就有日趋单调和蜕化变质的危险。

个人在他身外所看到的一切事物都与他的心境相符，而当他的先进思想把他引入那件事实或一系列事实所属的真理时，对他来说，每一件事物反而都是可以理解的了。

原始世界——德国人所谓的“史前世界”——我可以在自己身上加以潜心研究，就像我可以用探索的手指在地下墓穴里、在图书馆里、在别墅遗址的破碎浮雕和裸体躯干雕像上摸索它一样。

人人都对希腊各个时期的历史、文学、艺术、诗歌感兴趣，从“英雄时代”或“荷马时代”到四五百年后的雅典人或斯巴达人的家庭生活，这种兴趣的根据是什么呢？还不是因为每个人都经历了一番希腊时期。希腊阶段是肉体性的时代，是感官完美的时代——是在与肉体的完全统一中扩展开来的精神性的时代。在这个时代里生存的人的体形给雕刻家提供了雕刻赫拉克勒斯、菲玻斯和朱庇特的原型。这些体形不像充斥于现代都市里的那种面容模糊不清的体形，而是具有纯洁高尚、轮廓分明、端正匀称的五官，眼窝的构造也不同于现在，所以眼睛不能斜视，不能鬼鬼祟祟地左顾右盼，眼睛要朝哪边看，必须把整个脑袋转过来。那个时期的仪态讲究豪爽、泼辣，人们崇尚的个人品质是勇气、谈吐、自制、正义、力量、敏捷、嗓音洪亮、胸膛宽阔。奢侈、风雅不知为何物。人口稀少，生活贫困，因此每个人都是自己的仆从、厨师、屠夫和士兵，自给自足的习惯锻炼了身体，使它有神奇的表现。荷马史诗中的阿伽门农和狄俄墨得斯就是如此。色诺芬在《万人军退兵记》中对自己和同胞的描绘也相差无几。“部队过了亚美尼亚的忒里鲍斯河后，雪下得很大，队伍悲惨地躺在雪地上，可是色诺芬光着身子爬起来拿起一把斧子，开始劈柴；于是别人也都爬起来，干起了同样的活。”在他的军队里，上上下下言论极为自由。他们为战利品争吵，每下达一个新的命令，他们就要和将军们口角。色诺芬口齿极为伶俐，比大多数人还要伶俐，因此受到责难后也决不饶人。棒小伙子们总是既讲荣誉准则，又要纪律松弛，谁还看不出这就是一帮棒小伙子呢？

古代悲剧的宝贵魅力，其实也是所有古代文学的魅力，就在于剧中人物说话朴实——说起话来，就像一些有真知灼见的人，自己并不觉得，那时候反思尚未成为心灵的主要习惯。我们尚古，并不是崇尚古老，而是崇尚自然。希腊人不善于反思，可是他们的感官和身体却完美无缺，具有世界上最优秀的体质结构。成人的行为具有儿童的单纯和优美。他们造花瓶，写悲剧，雕石像，都按健康的感官应当做的那样去做——也就是说，趣味高雅。那样的东西各个时代都在继续制作，现在也还在制作，哪里有健全的体魄，哪里就会有这些东西；可是作为一种类别，从它们的高超的结构来看，它们是出类拔萃的。它们把成年的精力与童年的浑朴融为一体，这些风格之所以魅力无穷，就在于它们就是人所具备的风格，人人皆知，因为每个人原先都是小孩。况且，古往今来，总有一些人保持着这种本色。一个具有孩童般的天才和天生就有精力的人仍然是一个希腊人，他重新激起了我们对希腊女神的爱情。我赞赏菲罗克忒忒斯对大自然的爱恋。在阅读那些对睡眠、星辰、岩石、山脉、波涛的精彩语句时，我感到时间像一片退潮的海水似的流走了。我感到了人的永恒，人的思想的一致。好像希腊人的伙伴也是我的伙伴。日月、水火，跟他心心相印，也跟我心心相印。这样一来，人们所宣扬的希腊人和英国人的差异，古典派与浪漫派的分歧，就成了迂阔之论了。当柏拉图的一个思想成为我的一个思想——当点燃品达灵魂的真理也点燃了我的灵魂时，时间就不复存在了。当我感到我俩的感知不谋而合，我俩的灵魂色彩一致，而且真可以说合二为一了，那么为什么我还要测量纬度？为什么我还要计算埃及的年代呢？

学生用他自己的骑士时代来解释骑士时代，也用他自己类似的小小经历来解释海上冒险和环球航行的年代。对于世界宗教史，他也有同样的一把钥匙。当远古时代的一位先知的声音仅仅对他重复着他幼年的一种情绪、他青年的一种祈祷的时候，他就戳穿所有混乱的传统、滑稽的体制，接触到真理了。

罕见而放肆的一些精灵屡屡前来造访我们，给我们揭示大自然的新的事实。我知道圣徒们常常在人间行走，使普通听众的心灵感知他们的使命。由此可见，三脚祭坛、男女祭司都是受了神的感召的。

耶稣使贪图感官享受的人们感到惊奇，敬畏不已。他们无法把耶稣跟历史统一到一起，也无法把他同他们自己协调一致。到他们开始尊重他们的直觉、渴望一种神圣的生活时，他们自己的虔诚就把每一件事、每一句话解释明白了。

对于摩西，对于琐罗亚斯德，对于摩奴，对于苏格拉底的古老的崇拜多么容易地占据了人们的心灵，我在这些崇拜中找不到任何古老之处。这些崇拜，既是他们的崇拜，也是我的崇拜。

我没有漂洋过海，跨越年代，却看到了最古老的宗教祭司。某个人不止一次地出现在我面前。他工作时敷衍塞责，却全神贯注地做祈祷，成了一个旁若无人的受俸牧师，以上帝的名义乞求，好像要对 19 世纪证明诸如柱头修士西门、忒拜英雄和第一批卡普秦修士一样。

东西方的教士谋略，比如麻葛、婆罗门、督伊德和印加教士的谋略，在个人私生活里得到了解释。一个顽固的形式主义者对一个小孩产生的钳制性影响，压制了他的精神和勇气，瘫痪了他的理解能力，并没有激起愤慨，仅仅造成了恐惧和服从，甚至对这种专制的同情——这是一个人们熟悉的事实。等小孩长大成人以后就明白过来，因为他看出小时候压迫他的人自己也是一个孩子，受到这些名目、字眼和形式的摧残，对这个小孩来说，那人也只不过是这种种影响的喉舌而已。事实叫他明白巴力神是怎样受崇拜的，金字塔是怎样建成的，就连商博良发现所有工匠的姓名和每一片瓦的造价也比不上事实的教育作用。他发现亚述和乔鲁拉冢群就在他的门口，而他本人就是制定方案的人。

再说，第一个深思熟虑的人在对他那个时代的迷信所提出的抗议中，却亦步亦趋地追随着古代的改革家的某些做法，他在追求真理时像他们一样发现德行又有沦丧的危险。他又发现需要多强的道德力量来取代迷信的束缚。改革一出现，放荡就接踵而来。各个时代的路德都悲叹自己家里虔诚败坏，这种情况在世界历史上出现过多少次啊！“博士”，马丁·路德的妻子有一天对他说，“我们受教皇统治的时候，祈祷的次数那么多，热情又那么高，而现在我们祈祷起来总是冷冰冰的，次数又这么少，这是怎么回事呀？”

进步的人发现他在文学中——不仅所有的历史，还有所有的寓言——有一笔多么深厚的财富呀。他发现诗人决不是描写怪诞不经之事的怪人，而是用他的笔写出人人适用的内心自白的普通人。他在字里行间发现自己的秘密传记，对他来说明白得出奇，虽然那是在他出世以前就匆匆写下来的。他在个人的历险中——体验着伊索、荷马、哈菲兹、阿里奥斯托、乔叟和司各特的每一篇寓言故事，并用自己的头脑和双手来验证它们。

希腊人美丽的寓言，是想象力的结晶，不是想入非非的产物，所以是普遍真理。普罗米修斯的故事寓意多么广阔，又是那样永远符合实际！它是欧洲历史的第一章（这个神话用一层薄薄的面纱掩盖了真正的事实、机械工艺的发明和殖民地的移民），除了这一主要价值外，它也是宗教史，因为比较接近后世的信仰。普罗米修斯是古代神话中的耶稣。他是人类的朋友，站立在永恒的天父的不公正的“正义”与人类之间，乐意为人类忍受一切痛苦。可是有的地方这个神话跟加尔文新教有出入，它把普罗米修斯表现成天神的挑战者，在这种情况下，它表现的是一种心态。哪里用一种粗鲁、客观的方式宣讲有神论，哪里就容易出现这种心态，它仿佛是人的一种自卫，对这样一种谎言的抵制，也就是对存在着一个上帝这样一个为人们所相信的事实表现出的一种不满，而且也是这样的一种感觉，即敬神的义务实在麻烦。如果有可能，这种心态就要偷造物主的火，跟他分道扬镳，独立生活。

《被缚的普罗米修斯》是怀疑主义的传奇。就连那庄严的寓言中的每个细节对任何时代都一样适用。诗人说，阿波罗曾经为阿德墨托斯牧羊。当诸神来到人间的时候，他们是没有人知道的。耶稣没有人知道，苏格拉底和莎士比亚没有人知道。安泰俄斯是被赫拉克勒斯掐死的，要不然他每跟他的大地母亲接触一次，他就又恢复了力量。人就是那个被制服了的巨人，尽管软弱，可是他有与大自然交流的习性，从而使他的身心健壮起来。

音乐的解脱力量，诗歌的解脱力量，好像对坚实的大自然拍着翅膀，解开了俄耳甫斯的谜。哲学通过无穷的形式变化，发现了同一性，这就使人认识了普罗透斯。昨天我笑了或者哭了，昨天夜里我睡得像死人一样，今天早上站起来又跑了，这个我还会是什么呢？我举目四望，看见的除了普洛透斯的种种转生形式还有什么呢？我可以借用任何生物的名称，任何事实的名称来象征我的思想，因为每一个生物都是行动或受苦的人。坦塔罗斯在你我看来只不过是一个名字。坦塔罗斯的意思是不可能喝到思想的水，虽然它总是在灵魂的视线内波光闪闪。灵魂的转生绝不是寓言。我倒希望它就是，可是男人和女人仅仅是半个人。庄院里的、田野里的、森林里的、地里的、地下水里的每一个动物，都想方设法在这些身体直立、面朝苍天的说话者中间的某一个身上找到一个立足点，并留下它的特征和形态的印记。啊，兄弟，阻止你灵魂的衰退——它正在朝那种形式衰退，而你多年来已经不知不觉地沾染了那种形式的习惯。关于斯芬克司的那个古老寓言对我们又接近又适合。据说斯芬克司坐在路边叫每个过往的行人猜谜。如果哪个人猜不出来，她就活活把他吞下肚去。要是他猜中了，斯芬克司就当场毙命。我们的生命除了是长着翅膀的事实或事件的永恒的飞翔，还会是什么呢？这些变化千姿百态，它们来时都要向人的精神提出种种问题。谁不能以高超的智慧回答时间的那些事实或问题，谁就必须为它们服务。事实拖累着他们，压迫着他们，把墨守成规的人变成依赖感觉的人，这种人对事实服服帖帖，这就熄灭了人之所以为人所依赖的光明的每一星火花。可是人如果忠实于他更加优越的本能或情感，拒绝接受事实的支配，就像一个来自高级种族的人，紧贴灵魂，看清原则，那么事实就会垮台，乖乖地各就其位；它们认识了自己的主人，哪怕其中最卑微的也会给他增光添彩。

每个词都应当是一件事物，请看看歌德的《海伦娜》中所表现的这种同样的愿望吧。他常常说，这些形象，这些喀戎们、格里芬们、福耳库阿斯、海伦和勒达都是重要人物，而且的确对心灵产生了一种特定的效果。当时他们就是永恒的实体，在今天看来就像在首次奥林匹克竞技会上的出现一样真实。由于经过反复推敲，所以他笔意纵横，幽默风趣，按他自己的想象把他们写得有血有肉。尽管那首诗像梦一样朦胧、离奇，可是它比同一作者更加正规的戏剧情节迷人得多，原因是它使心灵神奇地摆脱了那些司空见惯、平淡无奇的形象——用自由奔放的构思，用连续不断的、惊喜交集的场面唤起了读者的创造力和想象力。

对于诗人的卑微性来说，普遍性未免太强大了，它骑在诗人的脖子上，假诗人之手写作，所以诗人有时候似乎要倾泻一种单纯的随想曲和狂放的浪漫史，出来以后，却成了地地道道的寓言故事。所以柏拉图说："诗人说出来的至理名言，连他们自己也不明白。"中世纪的所有虚构故事都自我表白说，它们只是把当时的心灵严肃认真、孜孜以求的东西用一种隐喻、嬉戏的方式表现出来罢了。魔术以及人们认为它所具有的一切神通实则是对科学力量的一种深刻的预感。飞鞋，利剑，能战天斗地，能利用矿物的秘密功效，能通鸟语禽言，凡此种种，都是心灵朝正确方向做出的朦胧的努力。英雄的神威，永葆青春的天赋，诸如此类的事都是人的精神“使事物的外观服从心灵的愿望”的努力。

在《穿林》和《高卢的阿马狄斯》中，花环和玫瑰在忠贞不渝的女性头上就会开花，在水性杨花的女人额上就会凋谢。在《男孩和斗篷》这个故事里，就是一个老练的读者对温柔的吉尼拉斯的胜利也会感到惊讶，并表现出由衷的高兴；的确，精灵史上的种种假设——那些仙女不愿别人叫她们的名字呀；她们的天性就是反复无常，不堪信任呀；寻财探宝的人决不能说话呀，诸如此类，不一而足——我发现在康科德完全适用，不管在康沃尔或布列塔尼情况如何。

最近的传奇中难道情况有所改变？我读过《拉马摩尔的新娘》。威廉·阿什顿爵士就是一个庸俗的诱惑的面具，雷文斯伍德·卡斯尔则代表着骄傲的贫穷，国家的对外使命仅仅是诚实企业的一个班扬式的伪装。也许我们大家都会射杀一头要扰乱善与美的野牛，办法是克服那些不义和淫荡的东西。露西·阿什顿是忠诚的别名，忠诚永远美丽，可是在这个世界上总是容易遭难。

然而，同人的文明和玄学史一道，另外一种历史也在天天向前迈进——那就是外部世界的历史，人也同样严格地卷了进去。人是时间的纲领，他也是大自然的相知。他有力量，就因为他有众多姻亲，就因为他的生命跟有机物和无机物的整个链条纠结在一起。在古罗马，从首都广场开始的官道向东南西北辐射出去，通向帝国每个行省的中心，使首都的士兵可以直达波斯、西班牙、不列颠的每一个市镇。同样的道理，也有公路从人的心里延伸出来，通向自然界每一个物体的心里，迫使它屈服于人的统治。一个人就是一捆关系、一团根蒂，从这儿开出的花，结出的果，就是世界。他的各种本领与他身外的种种自然现象都有关联，并且预告了他将要居住的世界，如同鱼的鳍预示着水的存在，蛋里雏鹰的翅膀预料到空气的存在一样。没有世界，人就无法生活。把拿破仑关进一座孤岛监狱里，使他的本领得不到发挥，找不到阿尔卑斯山去爬，找不到赌注去下，他就只好去捕风捉影，显得愚不可及了。如果把他送到泱泱大国，人口稠密、利害关系复杂、势力相互敌对的环境中，你就会看到拿破仑其人，也就是说，被那样一种外形轮廓所框定的并不是实际上的拿破仑。那只不过是塔尔博的影子。

他的实体并不在这里，
你所见的仅仅是
人的一星半点儿痕迹；
如果整个身躯都在这里，
那就未免太高太大，
只怕贵府容它不下。

——《亨利六世》

哥伦布需要一个星球来决定他的航程。牛顿和拉普拉斯需要千秋万代和星球密布的天空。你不妨说一个有引力作月的太阳系已经在牛顿心灵的性质里预见到了。戴维或盖·吕萨克从小就探索粒子的吸引和排斥，他们的大脑同样预见到了组织的规律。胎儿的眼睛难道预告不了光明？韩德尔的耳朵难道预告不了和声的魅力？瓦特、富尔敦、惠特莫尔、阿克莱的建设性的手指难道就预告不了金属可熔、坚硬、可锻炼的本质，预告不了岩石、水和木头的性质？幼女可爱的特性难道就预告不了文明社会的文雅与装饰？在这里我们也联想到人与人的作用。一个心灵苦思冥想多少年代，所得到的自我认识还比不上爱的激情一天的启迪。一个人如果没有对暴行感到过义愤填膺，没有听见过口若悬河的讲话，没有与千千万万人分享举国欢腾和人心惶惶的激动，他能了解自己吗？没有一个人能够事先写出他的经历，猜出一种新事物会揭示什么样的能力和感情，就像他今天画不出明天才要初次见到的一个人的面相一样。

现在我不愿进一步斟酌这笼统的陈述以探讨这种一致的理由。总而言之，历史怎么读，怎么写，都要根据这两种事实，也就是说，心灵为“一”，自然是它的伴随物。掌握这一点也就够了。

这样，灵魂便千方百计为每一个学生浓缩、再现它的宝藏。学生也应当体验经历的整个过程。他应该把自然的光芒集中到一个焦点上。历史不再是一本沉闷的书。它将体现在每一个明智的人身上。你用不着一一告诉我你读过什么书，用什么语言写的，书名是什么。你应该让我感觉到你经历过哪些历史时期。一个人应当是名人殿。他应当像诗人们所描写的那个女神一样，穿着一件画满了神奇的事件与经历的长袍走来走去——他自己的体形和面目由于具有高超的智力，就应当是那种五彩斑斓的内衣。我将在他身上发现“史前世界”，在他的童年中看到“黄金时代”、“知识的苹果”、“阿耳戈英雄的远征”、亚伯拉罕的天命、圣殿的修建、“耶稣的降临”、“黑暗时代”、“文艺复兴”、“宗教改革”、新大陆的发现、新科学和人身上的新领域的开发。人应当是潘神的祭司，应当把晓星的祝福和天上地下一切有记载的福利带进寒舍。

这种要求是不是有点过于自负？那我就把我所写的全都抛弃算了，因为假装知道我们并不知道的事有什么用处呢？可是我们修辞学的毛病就是：我们强调一个事实就好像难免要使人误解另一个。我们把自己的实际知识看得一钱不值。听听墙里的老鼠，看看篱笆上的蜥蜴，脚下的真菌，圆木上的地衣。对于这些生物界的随便哪一种生命，无论从感情上讲，还是从道德上讲，我知道些什么呢？这些动物像高加索人种一样古老——也许更加古老，它们在人旁边对自己的意见秘而不宣，它们彼此传递过什么语言，有过什么暗示，从来没有记载。书上指出五六十种化学元素和各个历史时代有什么关系？况且，历史对人的玄学史做了些什么记载呢？历史对我们藏在死亡和不朽名义下的神秘世界投射了什么光芒呢？然而，有一种智慧推测了我们姻亲关系的范围，曾经把事实看成象征。写任何一种历史都应当具备这种智慧。我们所谓的“历史”只不过是一种肤浅的乡村故事，看到这种东西真叫人汗颜。我们为什么一定要把罗马、巴黎和君士坦丁堡挂在嘴上呢？罗马对老鼠和蜥蜴有什么了解？奥林匹克竞技会与法国督政府对这些邻近的生物体系来说又算什么呢？况且，它们对猎海豹的爱斯基摩人，对乘独木舟的卡纳卡人，对渔夫，对码头装卸工人，对搬运工来说，它们有什么食物、有什么经验、有什么援助好提供呢？

我们必须把我们的历史写得更加博大精深——从一种伦理改革出发，从灌输一种万古常新、疗效无穷的良心开始——如果我们要更加真实地表现我们关系广泛的中心性格，而不是表现我们着眼过久的这个记录自私与骄傲的陈旧年表的话。对我们来说，那一天已经存在，它的光辉照耀着我们，只是我们不知不觉罢了。然而科学与文学之路并不是进入自然的途径。与解剖学家或文物工作者相比，白痴、印第安人、儿童、未上过学的农家子弟，倒是站得离那借以阅读大自然的光照更近些。

自助

人就是自己的命星；

塑造一个老实而又完美的人，

光明、声势、命运全由它指导；

人的一切遭遇来得不迟也不早。

我们的行为如果善，就是我们的天使；

如果恶，

就是悄悄从我们身旁走过的勾命阎罗。

——波蒙和弗莱契作《老实人的命运·尾声》

孩子扔到石头上，
叫他吮咂母狼奶；
冬天鹰狐来护养，
手定强壮脚必快。

有一天，我读了一位杰出的画家写的几首诗，它们立意新奇，不落窠臼。灵魂总是从字里行间听到一种告诫，先别管题材如何。这些诗句所灌输的情感比它们包含的任何思想都更有价值。相信你自己的思想，相信你内心深处认为对你适用的东西对一切人都适用——这就是天才。如果把你隐藏的信念说出来，它一定会成为普遍的感受；因为在适当的时候，最内在的就变成了最外在的——我们最初的思想会被“最后的审判”的号角吹送到我们耳边。心灵的声音尽管每个人都非常熟悉，但是我们认为摩西、柏拉图和弥尔顿的最大功绩就在于他们蔑视书本和传统，不是自己想到的东西不说。一个人应当学会发现和观察从内部闪过他心灵的微光，而不是诗人和圣贤的太空里的光彩。可是他擅自摒弃了自己的思想，就因为这是他自己的东西。在天才的每一部作品中，我们认出了我们自己抛弃了的思想：它们带着某种疏远的威严回到了我们的身边。伟大的艺术作品对我们的教益不过如此而已。它们教导我们：正当对方呼声最高的时候，要心平气和、坚定不移地坚持我们自发的印象。要不，到了明天，一位陌生人将会非常高明地说出恰恰是我们一直想到和感受的东西，我们将被迫从别人那里取回我们自己的见解，并羞愧难当。

每个人在求知期间，有一天会得出这样一种信念：嫉妒等于无知，模仿无异于自杀，一个人不管好坏，必须让命运属于自己，虽然广阔的宇宙不乏善举，可是若不在自己的那块土地上辛勤耕耘，一粒富有营养的粮食也不会自行送上门来。蕴藏在他身上的力量实际上非常新奇，因此除他而外，谁也不知道他有什么本领，而且不经过尝试，连他自己也不知道。一张面孔、一个人物，一件事实，给他留下了深刻的印象，给另一个人却没有留下任何印象，这不是平白无故的。记忆中的这种雕刻不能不说没有前定的和谐。眼睛被安置在一道光线应当照到的地方，这样它才可以看到那道光线。我们还不能充分表现自己，而且对我们各自所代表的那种神圣的观念感到惭愧。完全可以认为，这种观念非常恰当，一定会产生良好的结果，因此应当忠实地传达，不过上帝是不愿意让懦夫来阐明他的功业的。一个人只有尽心竭力地工作，方能感到宽慰和欢乐；如果他说的或做的并非如此，他将得不到安宁。那是一种没有解脱的解脱。还在尝试之中，他的天分就抛弃了他，没有灵感眷顾，没有发明，没有希望。

信赖你自己吧！每一颗心都随着那根铁弦颤动，接受神圣的天意给你安排的位置。接受你的同时代人构成的社会，接受种种事件的关联。伟大的人物向来都是这么做的，而且像孩子似的把自己托付给他们时代的精神，表明自己的心迹：绝对可信的东西就藏在他们的心里，通过他们的手在活动，在他们的存在中起着主导作用。我们现在都是成人，必须在最高尚的心灵里接受那相同的命运；我们不是躲在保险角落里的幼儿和病夫，也不是在革命前临阵脱逃的懦夫，我们是领导，是拯救者，是恩人，听从全能者的努力，向着混沌和黑暗挺进。

关于这个问题，大自然在儿童、婴儿甚至畜生的面孔和行为上给了我们多么神奇的启迪！那种分裂和叛逆的心灵，那种对一种感情的不信任的态度（因为我们的算术已经计算出对抗我们目的的力量和手段），他们是没有的。他们的心灵是完整的，他们的眼光还未被征服，当我们盯着他们的面孔时，我们反而惴惴不安起来。幼年不顺从任何人：人人都得顺从它，所以当大人逗着婴孩玩时，一个婴孩一般会使其中的四五个大人变成婴孩。同样，上帝也赋予青少年和成年其本身应得的泼辣和魅力，使它令人羡慕、和蔼可亲，使它的要求不容忽视，如果它愿意尊重自己的话。不要因为青年人不能跟你我讲话，就认为他没有能耐。听！在隔壁房间里，他的声音清楚而果断。好像他知道怎样跟他的同龄人谈话。不管他羞怯还是大胆，他会知道怎样使我们长者变得无关紧要。

小孩子不愁没有饭吃，而且像贵族老爷一样不屑于做点什么或说点什么去讨好他人，这种泰然自若的气质正是人性的健康态度。孩子在客厅里如同剧院廉价座位上的观众，没有约束，不负责任，躲在自己的角落里观察着那些从眼前经过的人和事，以孩子的迅速、简要的方式对他们的功过审讯、宣判，他们有的好，有的坏，有的十分有趣，有的傻里傻气，有的能言善辩，有的令人讨厌。他不考虑后果，不计较得失，所以能做出一种独立、真诚的裁决。你得讨好他，他却不讨好你。可是成年人则不然，可以说他被自己的意识关进了监狱。他一旦有什么显赫的行动或言论，当下就等于身陷樊笼，成千上万人在注视着他，有的同情，有的愤恨，他们的感情他不得不予以考虑。在这里没有忘却。他多想恢复他的中立地位啊！所以谁能避开这种种誓约，或者虽已履行，现在又能以原来那种不受影响、不囿偏见、不受贿赂、不畏强暴的纯真来履行，谁就一定令人敬畏。他常常对目前的事态发表看法，这些见解显然不是一己的私见，而是警世的通言，所以如雷贯耳，令人闻之生畏。

这些是我们离群索居时听到的声音，可是一旦我们进入世界，它们就逐渐微弱，乃至杳然无声了。社会处处都在密谋对抗每个成员的阳刚之气，社会是一家股份公司，每个成员达成协议：为了更有把握地向每个股东提供食品，就必须取消食者的自由和教养。顺从是求之不得的美德，自助则是它深恶痛绝的东西。社会喜欢的不是实情和创造者，而是名义和陈规陋习。

所以谁要做人，决不能做一个顺民。谁要获取不朽的荣耀，决不可被善的空名牵累，而必须弄清它是否就是善。归根结底，除了你自己心灵的完善，没有什么神圣之物。来一番自我解放，回到原原本本的你那儿去，你一定会赢得全世界的赞同。我小的时候，有一位良师益友总是用教会古老的教条纠缠我，我还记得我是怎样不假思索予以回答的。我说，如果我是完完全全按内心生活，那我跟神圣的传统有什么关系呢？我的朋友启发说："这些冲动也许从下而来，而不是从上而来。"我回答说："我看未必。不过如果我是魔鬼的孩子，那我就按魔鬼生活好了。"在我看来，除了天性的法则，再没有什么神圣的法则。好与坏只不过是一些名目，这儿那儿随便可以挪用。凡符合我的性格的东西就是正确的，凡违背我的性格的东西就是错误的。一个人在所有的反对势力面前立身行事，仿佛一切都虚有其名，昙花一现，只有他是例外。想到我们轻易地向标记和虚名、向大社会和死体制投降，我真感到无地自容。每一个举止得体、谈吐优雅的人与其说一身正气，不如说在影响我，摆布我。我应当雄赳赳、气昂昂地走路，千方百计说出粗犷的真理。假如恶意和虚荣穿着慈善的外衣，会行得通吗？如果一个愤怒的、一意孤行的人僭取了恢弘的废奴事业，带着来自巴巴多斯的最新消息来找我，为什么我不应该对他说："疼你孩子去吧，疼你的伐木者去吧。要和善、谦虚，要有那种风度，千万不要用这种对一千英里之外的黑人表现出的难以置信的软心肠粉饰你那咄咄逼人的野心。你对远处的爱就是对家里的恨。"这样向人致意尽管显得粗暴无礼，可是真话比假仁假义更得体。你的善良必须有点锋芒——不然就等于零。仁爱论在呜咽哀鸣之时就一定要把仇恨论宣扬为它的对策。当我的精神召唤我的时候，我就避开父母妻子和兄弟。我要在门楣上写上"想入非非"。我希望它最终要比想入非非好一点，可是我们不能把一天的光阴耗费在解释上面。别指望我会说明我为什么想群居或为什么想独处的原因。也不要像当今的善人所做的那样，给我讲什么我有义务改变所有穷人的处境。他们是我的穷人吗？我告诉你，你这愚蠢的慈善家，我舍不得把分文送给那些不属于我，又不包括我的人。有一个阶层的人，由于有种种精神上的共鸣，我可以由他们随意调遣；为了他们，如果必要，赴汤蹈火在所不惜。可就是不干你那名目繁多的廉价的慈善活动，不搞那愚人学校的教育，不建造那徒劳无益的教堂，况且现在已经造起了不少，都没有什么用场。不给酒鬼们施舍，不搞那千重万叠的救济团体——虽然我不无羞愧地承认：我有时候也不得不破费一块钱，可那是一块缺德的钱，不久以后，我就会有勇气不给的。

按照流行的评价，美德与其说是规则，毋宁说是例外。人和他的德行并不是一回事。人做出所谓的善举，如见义勇为、乐善好施之类，就像他们不参加日常的游行必须交钱补过一样。他们干这种事就算是他们生活在世界上的一种赔礼或辩解——就像病号和精神病患者交昂贵的膳食费一样。他们的德行就是苦修赎罪。我不想赎罪，只想生活。我生活是为了生活本身，不是为了观瞻。我倒宁愿它格调低一些，方能真实、平等，而不愿它光彩夺目，动荡不定。我希望它健全甜美，不需要规定饮食和放血。我要的是“你是一个人”这样的主要证据，而不是撇开人只讲他的行动。我知道，无论我做出还是避免这些所谓的高明行动，对我本人来说并没有任何区别。我不同意在我拥有固有权利的地方再购买特权。我虽然才疏学浅，却实际存在着，因此不需要为了使我自己安心或使我的同伴安心而要人家给予保证。

我必须做的是与我有关的事，而不是人们所想的事。这一规定，在实际生活和精神生活中同样严厉，所以完全可以用来区分伟大和渺小。因为你总会发现这样一些人，他们认为他们对你的职责了解得比你自己还清楚，因此这一规定显得更严了。在世界上，按世人的观点生活容易；在隐居时，按自己的想法生活也不难；可是伟人之所以是伟人，就在于他在大众之中尽善尽美地保持了遗世独立的个性。

对你来说已经僵死的一些习俗，你之所以反对顺从就因为这样做分散了你的精力。它浪费了你的时间，使人对你的性格印象模糊。如果你维护一座僵死的教堂，替一个僵死的圣经社会卖力，跟上一个大党要么投政府的赞成票，要么投它的反对票，像无能的管家婆一样摆你的餐桌——在这一切的掩盖下，我就很难发现真正的你。当然，多少精力从你自己的生命中抽走了。然而，做你的工作，我就会了解你。做你的工作，你就会充实你自己。一个人必须考虑：顺从这种把戏完全是捉迷藏。如果我知道你的派别，我就预料到你的论调。我听说一位牧师把该教会制定的一种制度的权宜之计宣布为布道的题目。他不可能说出一句新鲜自然的话，难道我事先不会知道？尽管他把制度的根据说得天花乱坠，他决不会去干那种事情。难道我不知道？他保证只看问题的一个方面——允许看的那一面，不是作为一个人去看，而是作为一个教区牧师去看，难道我不知道？他是一个受聘的律师，法官席上的那些派头都是空洞透顶的装腔作势。唉，大多数人已经用一块手绢蒙住了自己的眼睛，把自己拴到某一个通用的观点上。这种顺从使他们不仅在几件事上弄虚作假，不仅编造几句谎言，而是在所有的事情上都弄虚作假。他们的每一个真理都不那么真。他们的二不是真正的二，他们的四不是真正的四；因此他们说的每一句话都使我们懊恼万分，我们不知道该从哪儿着手叫他们改邪归正。与此同时，本性也急不可待地给我们穿上我们所依赖的党派的囚服。我们逐渐长成了一副面孔、一种身材，渐渐地学会了最温顺的蠢驴似的表情。特别是有一种禁欲修行的经历，它也成功地在一般历史中大显身手，我指的是“那颂扬的蠢脸”，那强装的笑容，那是我们在跟人相处，在我们毫不感兴趣的谈话中搭讪时装出来的。肌肉不是自然地活动，而是由一种低劣不堪、专横跋扈的力量拨弄，紧紧地绷在脸的轮廓上，心里实在不是滋味。

由于不顺从，世人就对你横眉冷对，要对你横加鞭笞。因此一个人就必须懂得怎样判断一张愠怒的面孔。在大街上，在朋友的客厅里，他会遭人白眼。如果这种反感也像他自己的一样来源于轻蔑和反抗，他不妨哭丧着脸回家了事。可是群众的愠怒的面孔，同他们欣喜的面孔一样，并无深沉的原因，而是随风向的变化、报纸的操纵而转换。然而群情激愤比议院或学府的不满更为可怕。一个阅世深沉的坚强人物，忍受有教养的阶级的愤怒倒不难。他们的愤怒有理有节，因为他们胆小怕事，本身是不堪一击的。然而，如果在他们阴柔的愤怒之外，再加上大众的愤慨，如果无知贫穷之辈也被鼓动起来，如果社会底层愚昧野蛮的势力也被激发起来咆哮嚎叫、龇牙咧嘴，那就需要宽大的襟怀和宗教的修养大显神通，把它当作区区小事来对待了。

使我们不自信的另一个恐惧就在于我们总是要求前后一致；把我们过去的言行奉若神明，因为别人的眼睛除了我们过去的行为，再没有别的资料来推算我们的轨迹，而且我们也不愿意使他们失望。

可是你为什么要有头脑呢？为什么把你记忆的死尸拖来拖去，唯恐与你在某个公共场合发表的言论相矛盾呢？就算你自相矛盾，那又有什么了不起呢？智慧的一个标准似乎就是决不一味地依赖你的记忆，甚至也不大信赖纯记忆的行为，而是把过去带进众目睽睽的现在进行鉴定，并永远生活在一个新时代里。在你的形而上学里，你已经拒绝赋予上帝人格：然而当灵魂的种种虔诚意向到来之时，那就全心全意地服从它们好了，尽管它们赋予了上帝形体和色彩。就像约瑟把他的衣裳丢在淫妇手里那样，丢开你的理论逃跑吧。

愚蠢的一贯性是渺小的心灵上的恶鬼，受到小政客、小哲学家和小牧师的顶礼膜拜。如果强求一成不变，伟大的灵魂就一事无成。他还是去关心墙上自己的影子算了。现在你有什么想法，就用斩钉截铁的语言说出来，明天再把明天的想法用斩钉截铁的语言说出来，尽管它可能跟你今天说的每一件事相矛盾——“啊，那你一定会遭人误解。”——难道遭人误解就那么糟糕吗？毕达哥拉斯被人误解过，苏格拉底、耶稣、路德、哥白尼、伽利略、牛顿，凡是有过血肉之躯的每一个纯洁和智慧的精神莫不如此。要伟大就要遭人误解。

我想谁也不能违反自己的天性。他风发的意气受他的存在规律的牵扯，犹如安第斯山和喜马拉雅山。尽管重峦叠嶂，在地球的曲线中仍显得微不足道。无论你怎么估价、考验一个人，都没有什么关系。一个人的性格就像一节离合体或亚历山大体诗歌——把它顺着读，倒着读，或斜着读，拼出的字都是一样。上帝允许我过这种令人愉快、表示忏悔的林中生活，在这样的生活中，让我既不瞻前，又不顾后，只是把我真诚的思想逐日记录下来，我毫不怀疑，人们将会发现这种思想对称和谐，尽管我无意如此，也看不出它具有这种性质。我的书应当散发出松树的芳香，回响着昆虫的嗡鸣。我窗前的燕子应当把它嘴上衔的线头、草茎也编织到我的网里。我们是什么样子，别人也会把我们看成什么样子。性格的教育作用远在我们的意志之上。人们总以为他们仅仅借助于外部的行为来传达他们的善与恶，殊不知善或恶每时每刻都在散发着一种气息。

行为尽管千变万化，但是总会有一种一致性，这样，每一个行动在它们关键的时刻都显得既诚实又自然。因为行为不管看上去怎样千差万别，但由于出于一个意愿，因此仍将表现得非常和谐。那种差异在思想保持一定距离、一定高度时，就看不出来了。一种趋势把它们都连为一体了。最好的船只的航程也是千曲百折的。如果从远处看这条航线，它就变直，接近了平均趋势。你真正的行动会把自己解释明白，还会把你其他真正的行动解释明白。你的顺从却什么也解释不了。独立行动吧，你独立的所作所为现在就会证明你是正确的。伟大则求助于未来。如果我今天非常坚定，把事情做对了，并且瞧不起人们的眼光，那说明我以前一定做对了很多事情，为的就是现在为自己辩护。不管将来如何，现在把事做对。如果永远蔑视外表，那你永远都可以把事做对。性格的力量是积累而成的。从前美好的岁月把它们的兴旺统统注入今天。什么东西造成了议会和战场上的英雄们的威严，它是如此令人心潮澎湃？是对昔日一连串伟大的岁月和胜利的意识。这些伟大的岁月和胜利合成一束光辉，把奋勇前进的行动者照亮。他好像由一队看得见的天使护送着。正是这种东西把雷霆送进了查塔姆伯爵的声音，把威严送进了华盛顿的举止，把美国投进了亚当斯的眼帘。对我们来说，荣誉令人肃然起敬，因为它不是昙花一现的东西。它一直是古老的美德。我们之所以今天崇拜它，就因为它不属于今天。我们热爱它，我们敬仰它，因为它不是捕捉我们的热爱与敬仰的陷阱，而是能够自力更生，因而具有一种古老纯洁的血统，即便表现在一个青年人身上，也是如此。

我希望现在我们已经是最后一次听到顺从和一贯。从此就让这两个词宣布作废，并变得荒诞无稽。让我们听到的不是开饭的锣声，而是一声斯巴达横笛的吹奏。让我们再也不要点头哈腰、赔礼道歉了。一位伟大的人物要来我家就餐。我无意讨好他，我倒是希望他应当想讨好我。我要站在这里维护人性，尽管我想让它慈悲为怀，但我更要使它真心诚意。让我们冒天下之大不韪谴责当代那种圆滑平庸、沾沾自喜的作风，并把已成为一切历史结论的事实掷到习俗、贸易和公司的面前：哪里有人做事，哪里就有一个伟大负责的思想家和活动家在工作；一个真正的人不属于别的时间与空间，而是万事万物的中心。他在哪里出现，哪里就有天性自然。他衡量你，衡量一切人和一切事。在一般情况下，社会上的每一个人使我联想到别的某件事，或别的某个人。性格，真实，使你联想不到任何别的东西；它就等于天地万物。人一定要顶天立地，使周围的一切环境显得无关紧要。每一个真正的人就是一个起因，一个国家，一个时代；他需要无限的空间、人数和时间完成他的构想——而子孙后代就像一串随从，紧紧追随着他的脚步。一个名叫恺撒的人诞生了，多少年之后我们有了一个罗马帝国。基督诞生了，千千万万个心灵在他的天才哺育下成长，忠于他的天才，久而久之，人们把他和美德与人的潜力混为一谈了。一种制度是一个人的延长了的影子，正如古代隐修会之于独修者安东尼，宗教改革之于路德、贵格会之于福克斯、卫理公会之于卫斯理、废奴运动之于克拉克森，而西庇阿被弥尔顿称为“罗马的巅峰”。

一切历史都很容易把自己分解为少数几个坚强认真之人的传记。

那就让一个人认清自己的价值，把万物踩在自己的脚下。在这个为他而存在的世界上，让他不要像慈善堂的孤儿、私生子，或爱管闲事的人那样探头探脑，偷偷摸摸，鬼鬼祟祟。然而一个街上的普通人望着一座高塔或一尊大理石神像，便自惭形秽，因为他发现自己身上不具备与造塔和雕像的本领相匹敌的价值。在他看来，一座宫殿，一尊雕像，乃至一本有价值的书，都具有一种拒人于千里之外的傲岸神气，很像一套装饰华丽的用具，似乎对人这样说："你是什么人呀，先生？"其实这一切都是归他所有，它们要邀得他的光顾，祈求他施展本领把它们据为己有。那幅画等着我去鉴定，它不是向我发号施令，而是由我来决定它是否值得称赞。有一个家喻户晓的寓言，说的是一个酒鬼烂醉如泥，躺在街上，被人抬到公爵的府上，先给他梳洗、打扮，然后再把他安顿到公爵的床上，等他醒过来后，俨然被当作一位公爵，人们极尽阿谀逢迎之能事，并且向他保证，他一度显得神志不清。这个寓言之所以受人欢迎，就是因为它惟妙惟肖地象征了人的处境，人生在世，就是一名醉鬼，然而有的时候会清醒过来，运用他的理性，发现自己原来是一位真正的王子。

我们读书就等于行乞、寄生。在历史中，我们的想象欺骗了我们。王国和贵族，权力和庄园，比起小家小户和日常工作中的小民百姓约翰和爱德华来，是一些更加堂皇的字眼。可是生活当中的事情对二者来说是相同的，二者的总数是一样的。为什么要对阿尔弗烈德、斯堪德贝和古斯塔夫奉若神明呢？就算他们功德盖世吧，难道他们穷尽了天下的恩德？今天一个人的得失全靠你个人的行为，就像从前那些显赫的人物需要借助追随者的脚步一样。一旦平民百姓按照自己的见解行事，光辉就要从国王的行为转移到志士仁人的行为上了。

世界一直被国王们引导着，他们像磁石一样吸引着各个国家的注意力。他们谆谆教导说，人与人应当相互尊重。国王，那高尚或伟大的业主，按他自己的法律在人们中间活动，制定他自己衡人度事的标准，推翻别人的标准，谁做了好事给的报酬不是金钱，而是荣誉，并且以朕代法。对于上述种种做法，人们处处听之任之，他们所表现出的耿耿忠心就等于一种象形文字，大家模模糊糊地用它象征他们关于自己的权利和体面，也就是每个平头百姓的权利的意识。

一旦我们开始探究自信的根由，一切原始行为所表现出来的那种魅力就迎刃而解了。那受信赖的人是谁？一种普遍的依赖所基于的原始的“自我”又是什么？那没有视差，没有可测元素，使科学为之茫然的星星把美的光芒甚至射进了猥琐卑劣的行为中，只要那里露出些微独立的痕迹，可它的性能是什么呢？这种探究使我们追本溯源，原来那既是天才的本质，也是美德和生命的本质之所在，我们称之为“自发性”或“本能”。我们把这种基本智慧叫做“直觉”，尔后的教导则都是“传授”。在那种深邃的力量，也就是无法分析的终极事实中，万事万物发现了它们共同的根源。因为生存感在静谧的时刻从灵魂里冉冉升起，我们却不知不觉；它跟万物、跟空间、跟光、跟时间、跟人不仅没有什么不同，反而跟它们合二为一，而且，显而易见也是从它们的生命与存在所产生的同一个根源上产生的。我们先分享万物赖以存在的生命，然后把万物看成自然界里的种种现象，而忘记了我们和它们具有同一个起因。这就是行动和思想的源泉。这就是产生赋予人智慧，只有不信上帝和无神论才予以否认的灵感的肺。我们躺在无边的智能的怀抱里，它使我们成为它的真理的接受器和它的活动的器官。当我们发现正义、发现真理时，我们不主动做任何事情，而只是让它的光辉通过而已。要是我们问这从何而来，要是我们企图窥探造成万物起因的灵魂，一切哲学就成问题了。它的存在或不存在就是我们能够证实的一切。每个人都可以区别他心灵的有意的行为和他的无意的知觉，而且知道一种绝对的信仰应归因于他那些无意的知觉。他也许在表达那些知觉时会出差错，可是他知道这些东西，就像白昼和黑夜一样，是不容争议的。我蓄意的行动与获得不过是在漫游罢了——毫无根据的幻想，最轻微的自然感情，驾驭着我的好奇和崇敬。没有思想的人在陈述知觉和陈述见解时同样容易产生矛盾，或者更容易产生矛盾；因为他们区分不了知觉和观念。他们满以为我想看见这件事就看见这件事，想看见那件事就看见那件事。然而知觉不是异想天开的，而是不可避免的。如果我看见了一种特性，我的孩子们随后也会看到，最后，全人类都会看到——虽然碰巧在我之前没有人看到过它。因为我对它的知觉如同太阳那样，是一件明晃晃的事实。

灵魂和神灵的关系非常纯洁，所以企图插足其间予以帮助反而有亵渎之嫌。情况一定是这样的：上帝说话的时候，他应当传达的不是一件事，而是所有的事；他应当使他的声音响彻全世界；他应当从现在思想的中心散播出光明、自然、时间、灵魂，把全体从头开始，重新创造。每当一个心灵单纯，并接受了一种神圣的智慧的时候，旧事物就会消亡——手段、导师、经文、寺庙，全都崩溃了；这个心灵生活在现在，把过去与未来全都并入现在的时刻里。万物都因为与它休戚相关而显得神圣无比——而且彼此不分高下。万物都被它们的起因融进它们的中心，而且在普遍的奇迹中，一个个微小、特殊的奇迹就消失了。因而，如果一个人声称了解上帝，并谈起对上帝的看法，而且使你回想起另一个世界、另一个国度的某个沦亡了的古老民族的用语时，别相信他的话。橡树是橡实的圆满与完成，难道橡实就比橡树优越？父亲把自己成熟的存在浇铸到孩子身上，难道父亲就比孩子高明？因而，为何如此崇拜过去呢？过去的一个个世纪都在密谋反对灵魂的健全与权威。时间与空间只不过是眼睛造成的生理颜色，而灵魂却是光明；它在哪里出现，哪里就是白昼，它在哪里消失，哪里就是黑夜；而历史是一种无礼的行为，一种伤人的举动，如果它不仅仅是关于我的存在和形成的一种令人愉快的寓言的话。

人总是胆小怕事、内疚于心的；他再也没有刚强正直的气质了；他不敢说“我认为”、“我就是”，而是一个劲地援引圣贤之言。他面对一片草叶和一朵盛开的玫瑰感到无地自容。我窗前的玫瑰花不管从前的玫瑰花或者比它们更好的玫瑰花；它们满足于自己的现状。对它们来说，没有时间。有的只是玫瑰。只要它存在，每时每刻它都是尽善尽美的。没等叶蕾绽开，它的整个生命就已经活动了，在盛开的花朵里不见其多，在无叶的根中也未见其少。它的天性得到了满足，它也满足了大自然，时时刻刻都是一样。然而人有延宕，有记忆，他不在现在生活，而是眼睛向后，哀悼过去，要不，就是对周围的财富不予理会，却踮起脚尖展望未来。如果他不跟大自然一起超越时间，在现在生活，他就不会快乐，不会坚强。

这一点应当是一目了然的了。然而看看多么坚强的智者竟然不敢听上帝本人的话，除非他说的是我并不了解的大卫、耶利米或保罗的语句。我们总不能永远对几篇经文、几篇传记定那么高的价。我们就像死记硬背老奶奶、家庭教师的语句的小孩子，等长大以后，又死记硬背他们碰巧看到的有才气、有个性的人们的语句——不辞辛苦地回忆人家说过的原话。后来，等他们具备了曾经说过这些话的人们的观点时，他们才算理解了那些人，才愿意把那些话丢开，因为时机一到，他们随时都可以把话说得一样得体。如果我们生活得真实，我们将会看得真实。那就像强者保持坚强一样容易，也像弱者保持软弱一样容易。当我们有了新的知觉时，我们将很乐意把窖藏的财宝像从前的垃圾一样从记忆上卸掉。当一个人与上帝生活在一起时，他的声音就像潺潺的溪水和沙沙的谷田一样甜美。

现在到了最后，关于这一论题的最高真理仍然未曾谈及，大概也无法谈及，因为我们所谈的一切只不过是对直觉的遥远的记忆。我通过现在最能接近的手段来表达的那种思想就是下面这样的情况。当善接近你的时候，当你身上有生命的时候，那不是通过司空见惯的渠道达到的，你是发现不了别人的足迹的，你是看不到人的面孔的，你是听不到任何名字的——那种渠道，那种思想，那种善，必定是新奇无比的。它必定把实例和经验统统排除在外。你走的路是从人那儿来的，不是到人那儿去的。一切曾经生活过的人都是它的被遗忘了的代理者。恐惧和希望同样都在它的影响之下。即使希望之中也有某种低下的东西。在幻想的时刻，没有什么可以称之为感激的东西，严格地说，也没有什么可以称之为欢乐的东西。凌驾于激情之上的灵魂看见了同一性和永恒的因果关系，发现了真理和正义的自我存在，因为知道万事如意，便处之泰然。大自然无垠的空间、大西洋、南太平洋——漫长的时间间隔，一年又一年，一个世纪又一个世纪——都无关紧要。这种我想到和感到的东西过去构成了每一种原先的生活与环境状况的基础，就像它们现在构成了我的现在的基础，构成了所谓的生和所谓的死的基础一样。

有用的只是生命，而不是已经生活过了。力一旦静止就不复存在了，它存在于从一种旧状态到新状态的过渡时刻，存在于海湾的汹涌澎湃之中，存在于向目标的投射之中。这是一个世界讨厌的事实，却是灵魂形成的事实，因为它永远贬低过去，把所有的财富变成贫困，把所有的信誉化为耻辱，把圣徒与恶棍混为一谈，把耶稣和犹大都推到一边。那我们为什么还要瞎唠叨自助呢？因为有灵魂在，就有力量，它不是自信力，而是作用力。谈论他助只是一种可怜的表面的说话方式。还是说有依赖作用的事情吧，因为它起作用，存在着。比我更能服从的人主宰着我，尽管他不费举手之劳。我必须借助精神的引力围着他转。当我们谈到突出的美德时，我们认为它华而不实。我们看不到美德就是“顶峰”，也看不到一个人或一群人，只要对原理有适应能力和渗透能力，便肯定会借助自然规律，征服和驾驭所有城市、国家、国王、富人和诗人，因为这些都不是顶峰。

如同在每一个论题上一样，这就是我们如此迅速地在这一论题上所取得的终极事实：一切转变为永远神圣的“一”。自我生存就是终极原因的属性。它程度不同地进入了所有较低级的形式，按照这种程度它制定了衡量善的标准。真实的万物的真实程度取决于它们所包含的优点。商务、农牧、狩猎、捕鲸、战争、雄辩、个人影响都是重要的东西，并且作为自我生存的存在和不纯行动的实例赢得了我的敬仰。在自然界，我看到同一个规律在为保护和发展而发挥作用。在自然界，能力是衡量正当的基本标准。大自然不允许任何无自助能力的东西滞留在她的各个领域。一个行星的起源和成熟，它的平衡和轨道，劲风过后弯倒的树又挺起身来，每一个动植物的生命力，凡此种种，都是这种自给自足的，因而也是自助的灵魂的表现。

这样，一切都在集中：让我们切勿飘游，让我们跟这动因一起待在家里。让我们仅仅宣布一下这神圣的事实，叫那强行闯入的一堆乱哄哄的人、书和制度瞠目结舌吧。叫入侵者把鞋从脚上脱下来，因为上帝就在这里。让我们的单纯裁判它们吧，让我们对自己规律的顺从在我们天生的财富旁边演示自然和命运的贫困吧。

然而我们现在是群氓。人对人没有敬畏之心，他的天才没有得到规劝留在家里，使自己与内心的海洋交流，而是走到户外从别人的缸里讨一杯水。我们必须独来独往。我喜欢礼拜仪式开始前沉默的教堂胜过任何讲道。那些人看上去多么遥远，多么冷淡，多么贞洁，用一块围地或一座圣殿把彼此圈住！所以让我们永远坐着。我们为什么应该装出我们的朋友、妻子、父亲或者孩子的那副糊涂样子，就因为他们围在炉边坐着，据说和我们有同样的血统吗？所有的人都有我的血统，我也有所有的人的血统。

我并不因为这，就要承袭他们的暴躁或愚蠢，甚至到为它感到羞愧的地步。然而你的孤立绝不是物质上的，而应当是精神上的，也就是说，一定要崇高。有时候，全世界似乎都在密谋用夸大了的琐事纠缠你。朋友、客人、孩子、疾病、恐惧、匮乏、施舍，一起拥来敲你那私室的门，说道——“出来，到我们这儿来。”然而，保持你原来的状态，千万别出来卷进它们的纠纷。人们打扰我是蛮有能耐的，我只好漠然置之。不通过我的行动，谁也别想接近我。“我们爱什么，我们就有什么，可是由于贪心不足，我们反而失去了这种爱。”

如果我们不能立即具备服从与信任的神圣感情，至少让我们抵抗一下对我们的诱惑吧，让我们进入战争状态，在我们的撒克逊胸怀里唤醒雷神和战神、勇敢和坚定。只要说真话。这一点在太平之世就可以做到。制止这种假殷勤和假慈善吧。再不要满足跟我们交谈的受骗的和骗人的人们的期望了。对他们说，父亲啊，母亲啊，妻子啊，兄弟啊，朋友啊，迄今为止，我一直跟你们表面上生活在一起。从此以后我要做真诚的人。现在让你们知道，从今往后凡是低于永恒法则的法则我决不服从。我只要亲近，不要盟约。我将努力赡养父母，抚育子女，做一个妻子的忠贞的丈夫——可是我必须按照一种前所未有的新方式供养这些亲属。我不服从你们的习俗。我必须成为我自己。我再也不能为你而毁了自己，或者毁了你。如果你看中我的本质而爱我，我们将会更幸福。如果你做不到，我仍然愿意设法给你应该得到的东西。我不愿意把自己的好恶隐藏起来。我愿意真心希望：凡是深沉的东西就是神圣的东西；我愿意真心希望：在太阳、月亮面前，凡是使我由衷地高兴的事，心灵委派的事，我都愿意做。如果你高尚，我会爱你；如果你不是这样，我不愿意献假殷勤去伤害你，也伤害我自己。如果你诚实，可是又跟我的诚实不是一回事，那就忠于跟你志趣相投的人，我也愿意去寻求我的同道。我这样做不是出于自私，而是出于谦恭和真诚。不管我们在谎言中生活了多久，在真诚中生活同样符合你的利益，符合我的利益，符合所有人的利益。难道这话今天听起来相当刺耳？你很快就会爱上你我的天性所要求的东西，而且如果我们追随真理，最终它会把我们安安全全地领出去——然而，这样做你也许会给这些朋友造成痛苦。是的，然而，我不会出卖我的自由和力量去顾全他们的感情。况且，当人们向外一望，窥进绝对真理的领域时，人人都有自己理性的时刻；到那时，他们会证明我是对的，而且会做同样的事情。

人民大众认为你摒弃大众的标准就等于摒弃所有的标准，是地地道道的道德律废弃论；荒淫无耻之徒会借哲学之名为他的罪恶贴金。然而，意识的法则常在。有两种忏悔，我们必须做其中的一种才能赎自己的罪。你可以用直接的方式，也可以用反射的方式证明自己无罪，从而完成你的一系列职责。考虑考虑你是否满足了你和父亲、母亲、表兄弟、邻居、城镇、猫、狗之类的关系，其中的任何一个是否能够责备你。然而我也可以忽略这种反射的标准，赦免我自己。我有自己苛刻的要求和完善的循环论证。许多职务都被称为职责，意识法则可拒绝这种称谓。然而如果我清偿了它的债务，它就使我能够摒弃大众的准则。如果有人以为这个法则太宽松，那就有一天让他去维护它的戒律好了。

谁丢掉人的普通动机，敢于相信自己会做一名监工，那就需要他具有某种神力。他的心地要高尚，他的意念要忠诚，他的目光要明澈，这样，他才可以认认真真地成为自己的学说、自己的社会、自己的法律。这样，一个简单的目标之于他才可以像铁定的需要之于别人那样坚强！

有一种东西被人们明确地称为社会，如果有人把它的方方面面加以考虑，他就会看到这些伦理道德的必要。人的筋肉和心脏似乎被抽了出去，于是我们就变成了胆小如鼠、灰心丧气、吞声饮泣的可怜虫。我们害怕真理，害怕命运，害怕死亡，害怕他人。我们的时代产生不了伟大完美的人物。我们需要能够革新生活、革新我们的社会状况的男男女女，可是我们发现大多数人都是些破落户，连自己的需要也满足不了，空有凌云志，实无回天力，只好日日夜夜屈身行乞。我们管家就等于行乞，我们的艺术、我们的职业、我们的婚姻、我们的宗教，都不是我们选择的，而是社会替我们选择的。我们是客厅里的士兵。我们躲着命运的恶战，而力量恰恰就是在那里产生的。

如果青年人在他们的第一个事业中失利，他们就会彻底地灰心丧气。如果青年商人失败了，人们就说他破产了。如果最优秀的天才在我们的一所大学里学习，毕业一年之后还没有在波士顿或纽约的市区或郊区任职，他和他的朋友似乎都认为他应该灰心丧气，应该终生抱怨。从新罕布什尔或佛蒙特来的一个健壮的小伙子把所有的职业都一一试遍了，他赶过车，种过地，当过沿街叫卖的小贩，办过学校，当过牧师，编过报纸，进过议会，买过一片六英里见方的地皮，诸如此类，不一而足，多年以来，而且永远好像一只猫，从不摔跤，他抵得上一百个城市里的玩偶。他跟时代齐头并进，并不因为没有“学专业”而感到丢脸，因为他没有延误他的生命，而是已经生活过了。他不是有一个机会，而是有成百个机会。让一个斯多葛放开人的聪明才智，告诉人们：他们没有靠着柳树，不但能够，而且必须把自己分开。随着自信的实施，新的力量一定会出现。一个人就是成了肉身的道，生下来就是为医治万民，他应当对我们的同情感到羞愧，一旦他按自己的意愿行动，把法律、书本、偶像和习俗统统扔出窗外，我们就不再对他可怜，而要对他表示感激和尊敬——而且那位导师一定会恢复人生的光彩，使人名垂青史。

要使一种更加伟大的自助在人们的一切职责和关系中，在他们的宗教中，在他们的教育中，在他们的事业中，在他们的生活方式中，在他们的联系中，在他们的财产中，在他们的理论观点中，掀起一场革命并不难。

一、人们允许自己做些什么祈祷呀！他们所谓的神职并不怎么勇敢刚毅。祈祷的眼睛向外看，要求某种外来的添加物来提供某种外在美德，结果把自己迷失在自然的和超自然的、调停性的和奇迹般的无穷无尽的迷宫中。恳求某一种商品——低于整个善的任何东西——的祈祷，是邪恶的。祈祷是从最高的观点对生活事实的观照。它是一个观察者的欣喜的灵魂的独白。它是宣告自己的造物甚好的上帝的精神。然而，祈祷作为一种达到个人目的的手段，就无异于狗盗鼠窃了。它意味着天性和意识中间存在着二重性和不统一。一旦人与上帝连为一体，他就不会乞求了。到那时，他就会在一切行动中看到祈祷。农民跪在自己的地里祈祷除去地里的杂草，船夫跪在船上，一边划桨，一边祈祷，这些都是从自然界里听到的真正的祈祷，尽管目的都不怎么高贵。弗莱契的《邦杜卡》一剧中的卡拉塔奇，在人们劝他探究一下奥达特神的心意时，他答道：

他的隐义就在我们的努力中；
我们的英勇就是我们最好的神。

另一种假祈祷就是我们的懊悔。不满就等于缺乏自助，也无异于意志薄弱。懊悔灾难去吧，如果你能借此帮助受灾者的话；倘若帮不了什么忙，那就一心干你自己的事情，这样，祸害就已经开始得到补救了。我们的同情也是一样地卑劣。我们去看望他们，他们哭天抹泪的，我们便坐下来陪着他们哀号，而不是用振聋发聩的办法晓他们以真理，送来健康，使他们重新与自己的理智交流。幸运的秘诀就是我们手中的欢乐。自助的人永远受神和人的欢迎。所有的大门都对他敞开；千言万语向他致敬，荣誉的桂冠全戴给他，所有的目光都急切地追随着他。我们的爱出去找他，拥抱他，因为他并不曾需要。我们牵肠挂肚地、满怀歉意地抚爱他、赞扬他，因为他从来我行我素，根本不把我们的非难放在眼里。诸神爱他，就因为众人曾经恨他。“天国的神动辄就去眷顾那百折不回的人。”琐罗亚斯德说。

人们的祈祷是意志上的一种弊病，同样的道理，他们的信条是智能上的一种弊病。他们跟那些愚蠢的以色列人说：“不要上帝和我们说话，恐怕我们死亡。你说吧，随便哪一个人跟我们说，我们都愿意听从。”无论走到哪里，我都无法遇到我兄弟心中的上帝，因为他已经关上了他的庙门，仅仅在背诵他的兄弟的上帝，或者他兄弟的兄弟的上帝的寓言。每一个新的心灵就是一种新的类别。如果它证明了一个具有不同凡俗的活动与能力的心灵，证明了一个洛克、一个拉瓦锡、一个赫顿、一个边沁、一个傅立叶，那它就把自己的类别强加于他人了，看！一种新的体系。一个学生的思想越深沉，思想接触到并使他能得到的事物越多，他就越自负。然而，这一点在教义和教会中表现得尤其明显，因为教义和教会也是按照责任的基本思想和人跟上帝的关系而行动的某种伟大心灵的类别。加尔文派、教友派、斯维登堡派都是这样。学生喜欢让一种事物服从新的术语，就像一个刚刚学了生物学的女孩子喜欢从中看到新土壤和新季节一样。过上一段时间，学生会发现通过研究他的老师的心灵，他的智力增长了。然而在所有失衡的心灵里，这种类别被偶像化了，它被看作目的，而不是一种可以很快用尽的手段。所以，在他们看来，在遥远的地平线上，体系的墙和宇宙的墙混为一体了；在他们看来，天上的日月星辰就挂在他们的老师建造的拱顶上。他们无法想象你们这些门外汉怎么会有权看到——你们怎么能看见，“那一定是你们用什么办法把光从我这儿偷走了”。他们还是看不出那种光由于不成体系，顽强不屈，会射进任何荆室蓬户，甚至他们的也不例外。让他们叽叽喳喳议论片刻，然后，就把它据为己有吧。如果他们心地诚实，行为得体，那么，他们整洁、崭新的家畜栏立刻就显得太狭窄、太低矮，立刻就会裂缝，就会倾斜，就会腐朽，就会消失，而那不朽的光既年轻又快活，霞光万道，绚丽多彩，将会普照宇宙，就像它在第一个清晨做过的那样。

二、正是由于缺乏自我修养，所以人们便迷信旅游，把意大利、英国、埃及的文化奉若偶像。所有受过教育的美国人至今仍对旅游趋之若鹜。有人曾使英国、意大利或者希腊在人的想象中变得肃然起敬，但他们自己却像一根地轴，固守在原地不动。在决断的时候，我们感到职责就在我们的岗位上。灵魂绝不是一个旅游者，智者总是足不出户，如果有必要，有义务，叫他在什么场合离开他的住所，或者到外国去，但他仍然好像待在家里，而且还用他的面部表情使人们意识到他是在传播智慧和美德，像一位君王一样访问一个个城市和人物，而不是像一个商贩或仆从。

我并不武断地反对为了艺术、为了研究和慈善目的的环球旅行，只要人首先喜欢家居，不指望为获得比他已掌握的更高超的知识而出国。谁为了取乐，为了获得他手里没有的东西而旅游，谁就在做脱离自身的旅行，在老古董当中，即使青春年少，也会变成老朽。在底比斯，在帕尔米拉，他的意志和心灵已经变得像那些城市一样古老而坍塌。他把废墟带进了废墟。

旅游是傻瓜的天堂。我们最初的旅程发现：对我们来说，地方无关紧要。在家里，我梦想着：在那不勒斯，在罗马，我可以在美中陶醉，丢掉我的忧伤。我打点好衣箱，拥抱过朋友，登船航海，最后在那不勒斯醒来，旁边还是那严峻的事实，那个我原来逃避的、毫不退让的、同一个忧伤的自我。我寻找梵蒂冈和那些宫殿。我假装沉醉在景色和联想中，可是实际上并没有沉醉。我走到哪儿，我的巨人都陪伴着我。

三、然而，旅游的狂热却是影响整个智力活动的一种更深的不健全的征兆。智力是漂泊不定的，我们的教育制度培养的是骚动不安。尽管我们的身体被迫待在家里，而我们的心灵还在彷徨。我们模仿，除了心灵的彷徨，模仿还会是什么呢？我们的房屋是按外国情调建筑的；我们的橱架是用外国的装饰品装饰的；我们的见解，我们的爱好，我们的才能，都十分贫乏，还追随着“过去”和“远方”。灵魂在艺术已经繁荣的地方创造了艺术。艺术家正是在他自己的心灵里寻找他的原型。那只不过是把他自己的思想运用到要做的事情上和要观察的环境上。我们为什么要照搬陶立克或哥特式的原型呢？思想的美、便利、宏伟以及离奇的表现，离我们、离他人都是一样近，如果美国的艺术家愿意满怀希望和爱心研究他要做的事，考虑过气候、土壤、白天的长度、人民的需要、政府的习性和形式之后，他就会创造一座人人都觉得住起来合适的房子，而且情趣也会得到满足。

坚持你自己，千万不要模仿。你自己的天赋你随时可以用终生修养的积蓄力量表现出来；然而，选取的别人的才华你只能临时地、部分地占用。每个人干得最出色的事，只有他的造物主才能教给他。除非那人把它表现出来，否则，它究竟是什么，谁也不知道，也不会知道。能教莎士比亚的老师在哪里？能指导富兰克林、华盛顿、培根或牛顿的导师又在何处？每一个伟大的人物都是无与伦比的。西庇阿的西庇阿主义就正是他借不到的那一部分东西。研究莎士比亚永远造就不出莎士比亚。做指派给你的工作吧，你不可奢望太高，胆量过大。此时此刻，给了你一种表达方式，勇敢而崇高，犹如菲迪亚斯的巨凿、埃及人的巨型泥刀、摩西或但丁的大笔，但又跟这些不尽相同。灵魂尽管满腹珠玑，辩才无双，也不可能屈尊重复自己；然而，你如果能听见这些鼻祖说的话，你肯定也能用同样一种音调回答他们。因为耳朵和舌头虽然是两种器官，却是一种性质。住在你生命的淳朴、高尚的地域，服从你的心声，你一定会再现史前的世界。

四、我们的宗教，我们的教育，我们的艺术，眼睛朝外看，我们的社会精神也是如此。人人都以社会改良为荣，而没有一个人有所改良。

社会从来没有前进。它在一个方面有所退步，在另一个方面则有所进步，速度都是一样迅速。它经受着不断的变革；有野蛮社会，有文明社会，有基督教社会，有富裕社会，有科学社会，然而这种变革并不是改进。因为有所得，必有所失。社会获得了新技艺，却失去了旧本能。穿着讲究、会读书、会写字、会思索的美国人跟赤身裸体的新西兰人形成了多么尖锐的对比，前者口袋里装着怀表、铅笔和汇票，后者的财产只是一根木棍、一支长矛、一张草席和一间许多人共寝的棚屋！然而，把二者的健康状况加以比较，你一定会看到白人已经丧失了他原有的体力。如果旅行家给我们讲的确有其事，那么，试用一柄巨斧砍那个野人，一两天之后，肉又愈合得完好如初，仿佛你砍进去的是柔软的树脂似的。然而，同样的砍击会把那白人送进坟墓。

文明人造出了马车，却丧失了对双足的利用。他用拐杖支撑身体，却失去了肌肉的不少支持。他有一块高级的日内瓦表，却丧失了依据太阳定时的本领。他有一份格林尼治天文年鉴，一旦需要，保证可以得到资料，然而街上行走的普通人却认不得天上的星星。二至点他不观察；二分点他不甚了解，那完整灿烂的年历在他的心灵上没有标度盘。他的笔记本损害了记忆力。他的图书馆使他的智力承受不了，保险公司增加了事故的次数，机器是否没有危害，我们是否由于讲究文雅反而丧失了活力，是否由于信奉一种扎根于机构和形式中的基督教而丧失了某种粗犷的气质，这些都成问题。因为每一个斯多葛都是一个斯多葛，然而在基督教世界里，基督徒又在哪儿呢？

道德标准上的偏差并不比高度或块头标准上的偏差多。现在的人并不比过去的人伟大。可以看出古代的伟人与现在的伟人不分高下。19 世纪的科学、艺术、宗教和哲学一起发挥作用，教育出的人物并不比普鲁塔克两千三四百年前笔下的英雄们更伟大。人类并不是随着时间的推移而进步。福西翁、苏格拉底、阿那克萨戈拉、第欧根尼都是伟大人物，然而，他们并没有留下类别。谁如果真够得上他们的类别，谁就不会被人用他们的名字称呼了 而是独树一帜，也就成了一个派别的创始人。每一个时期的技艺和发明仅仅是那个时期的装束，并没有振奋人心。机器经过改良有其利也有其弊。哈德森和白令乘着他们的渔船完成了那么多的伟大业绩，连装备已经集科学技术之大成的巴利和富兰克林也为之咋舌。伽利略用一个观剧的小型望远镜发现了一系列的天文现象，其辉煌成就使后人永远望尘莫及。哥伦布乘一只无甲板的小船发现了新世界。每隔一个时期，工具和机器就要遭到毁弃，看到这种现象真有点不可思议，因为这些东西几年前或几百年前被人采用时引起过莫大的轰动。伟大的天才都具有返璞归真的能力。我们把战争艺术的改进看作科学的成就，然而拿破仑依靠露营征服了欧洲，其中有依靠赤手空拳的英勇，有孤立无援的险境。这位皇帝认为不可能建立一支完善的部队，拉斯·卡斯说：“并没有消灭我们的武器、弹药、粮秣和车辆。然而到了后来，士兵仿照罗马人的做法，竟然自己解决粮食供应，用手磨面，自己烤起面包来。”

社会是一个波浪。波浪向前运动，然而构成波涛的水却不运动。同一个粒子不会从波谷升到波峰。波浪的统一仅仅是表面现象。今天一些人创建了一个国家，明年一死，他们的经验也跟他们一起付之东流。

所以，对财产的依赖，包括对保护财产的政府的依赖，是缺乏自助的表现。人总是见物不见人，长此以往，他们便把宗教的、学术的和政府的机构视为财产的卫士，他们极力反对对这些机构的攻击，因为他们觉得这就是对财产的攻击。他们估价彼此的标准不是一个人是什么，而是一个人有什么。然而，一个有教养的人出于对自己天性的新的敬重，便为自己的财产感到羞愧。他格外憎恶他所拥有的东西，如果它是意外到手的话——通过继承、馈赠或犯罪所得，于是他感到那不是所有物；那不属于他，在他身上没有根基，仅仅是放在那里，因为革命，强盗没有把它抢走。然而，一个人是什么总是通过需要获得的，人所获得的东西就是活的财产，它不是听候统治者、暴民、革命、火灾、风暴或破产的指使，而是人在哪里呼吸，它就永远在哪里自我更新。阿里哈里发说：“你的全部或部分生命在追求你，因而你就停止追求它吧。”我们对外国货的依赖导致了我们对数量的盲目崇敬。政治党派召开无数次的会议；集会规模越来越大，每宣布一件事就喧声震天。从埃塞克斯来的代表团！从新罕布什尔来的民主党人！缅因州的辉格党员！千万双眼睛在注视，千万只臂膀在挥动，面对这种场景，年轻的爱国志士便感到比以往更加坚强。改革家们也如出一辙，又是召集会议，又是投票选举，还做出大量的决定。别这样，朋友们！只有反其道而行之，上帝才肯垂顾，进驻你的心中。一个人只有摆脱了一切外援，独立于天地之间，我才会看到他的强大和成功。他的旗帜下每增加一名新兵，他就变得虚弱一些，难道一个人还不如一座城？别有求于人，在千变万化之中，只要你立稳了台柱，不久就一定有人出现支持你周围的一切。谁如果知道力量是与生俱来的，知道他之所以软弱，是因为他从自身之外别的地方寻求善，有了这种领悟，谁就会毫不迟疑地依赖自己的思想，立即纠正自己，挺身而立，驾驭自己的躯体，创造奇迹，恰如一个靠双足站立的人比一个用头倒立的人有力一样。

所以尽量利用被称为“命运”的一切东西。大多数人在跟她赌博，全盘皆赢或全盘皆输，全看她的轮子怎么转动了。然而，你务必把这些赢得物当作非法的东西搁下，并且跟上帝的司法官“因果”打交道吧。有“目的”地工作、获取吧，你已经拴住了“机缘”的轮子，从此以后，你就一定会处之泰然，对她如何旋转就无所畏惧了。一次政治上的胜利，一次纯利的增加，你的疾病的痊愈，久别的朋友的归来，或者别的什么好事情，都会振奋你的精神，于是你便认为好日子就在前头。别相信。除了你自己，什么也不能给你带来安宁。除了原理的胜利，什么也不能给你带来安宁。

爱

我像一颗隐藏的宝石，

我的强光把我暴露无遗。

灵魂的每一项许诺都有无数的履行手段；它的每一种欢乐都成熟为一种新的需求。无法抑制、随意流动、永向前看的天性，在最初的善意中已经提前表现出一种在其普遍的光照中必将失去特殊关注的仁慈。这种幸福的引进存在于人与人的一种隐秘而温柔的关系中。这种关系正是人生的魅力；它像一种神圣的狂热，一个时期突然把人抓住，在他的身心中掀起一场革命；把他和他的同类联合在一起，使他维护家庭和社会关系，怀着新的同情心把他领进自然，增强官能，开拓想象，给他的性格增添英勇、神圣的品质，缔结婚姻，使人类社会永世长存。

缱绻的柔情与太旺的欲火的自然结合似乎提出了这样的要求：若要把这一自然结合涂抹得绚丽多彩，它的行为必须是年轻人，而每个少男少女都要坦诚面对自己的每一次心录悸动。青春的美妙遐想容不得半点老气横秋的哲学气，因为它用苍老的迂腐冻结他们的红嫣嫣的鲜花。因此，我深知我会招人非议，组成“爱的法庭和议会”的人们说我未免过于冷酷、淡泊，真是多此一举。然而，我要避开这些令人生畏的吹毛求疵者，求助于比我年尊辈长的人。因为应当认为：我们所论述的这种激情，虽然始发于少年，并不舍弃老年，或者说绝不让对它忠心耿耿的仆人变得老态龙钟，而是让老年人也来分享，并不亚于妙龄少女，只不过方式有所不同，境界更加高超。因为它是一种火，刚把一个胸臆深处的最初的余烬点燃，又被另一个心坎里迸发出来的游离的火星烧着，于是烈焰熊熊，越燃越旺，到了后来，它用自己的剧烈火焰温暖和光芒照亮了千千万万的男女，以及全人类共同的心，同时也照亮了全世界和整个大自然。所以，无论我们设法描述 20 岁时、30 岁时，抑或 80 岁时的激情，都无关紧要。描绘它的初期就会失去它的后期，描绘它的末期必定丧失早期的某些特色。因此唯一的希望就是，靠耐心和缪斯的协助，我们可以洞悉规律的内情，它定会把一种青春常在、韶光永存的真理描绘得如此集中，以至于不论从哪一个角度看，都一目了然。

而首要的条件是：我们不可过分拘泥于事实，而必须研究出现在希望中而不是在历史中的感情。因为每个人看见自己的生活面目全非，面容残破，而人生在他想象的心目中并非如此。每个人在自己的经历上看见了某种瑕疵，而别人的瑕疵也显得美丽绝伦。一些融洽的关系使人生变得美好，给人最诚挚的启迪与滋养，现在如果让一个人重温那些关系，他一定会退缩、哀叹。唉！我也不知道为什么，反正人生进入不惑之年后无限的悔恨害苦了对青春时欢乐的回忆，湮没了每一个可爱的名字。每一种事物如果从理智的角度看，或者被视为真理，都是美丽的。然而如果被视为经历，则全是苦涩的。细节总是郁郁寡欢；计划则显得宏伟壮丽。在现实世界——时间与地点的痛苦王国里，忧患重重，满目疮痍，恐惧无穷。对于思想，对于理想，则有永恒的狂喜、如花的快乐。所有的缪斯都围着它欢唱。然而悲痛总是对一个个名字，一个个人，以及今天与昨天的局部利益恋恋不舍。

私人关系这一话题在社交谈话中占有相当的比例，天性的强烈爱好由此可见一斑。关于一个名人，有什么能像他在情史中的表现那样引人关注呢？巡回图书馆里流通的是什么书呢？如果讲故事时闪烁出真情与天性的火花，我们读这些爱情小说是怎样喜形于色啊！在生活交际中，什么能像流露两情缱绻的段落那样引人入胜呢？也许我们和他们素昧平生，将来也无缘相见。然而我们看见他们互送秋波或者流露出一往情深，于是我们就不再是陌路人。我们理解他们，对这段恋爱的情节发展倾注了最大的热情。世人皆爱有情人。踌躇满志和仁慈宽厚的最初显现是天性的最迷人的画面。这是粗鄙之辈身上斯文的曙光。村里的那个野小子总是在校门附近要笑女孩子们——然而他今天跑进了校门，遇见一个可爱的女孩子在整理书包，他便捧起她的书本，帮她整理，于是他顿时觉得他跟她有咫尺天涯之感，仿佛她就是一块圣地。他尽可以在那群女孩子中间横冲直撞，唯独一人跟他保持距离；这两个小邻居刚才还是亲密无间，现在却学会了尊重彼此的人格。女学生们走进那几家乡村商店要买一绞丝线或一张纸，可是却同那个圆脸盘、好脾气的小店员闲聊了半个小时，她们那种半狡黠、半天真的迷人模样，谁能掉过头去不想多看两眼？在村子里，他们完全平等，那正是爱所喜欢的。不用搔首弄姿，女人的快乐、多情的天性就在这种闲谈中流露出来。这些女孩子也许并不漂亮，然而，显而易见，她们和那个好小伙子建立了最惬意、最推心置腹的关系，她们半开玩笑半认真地谈到埃德加，谈到乔纳斯，谈到阿尔迈拉，谁应邀参加那次聚会了，谁在舞蹈学校跳舞了，什么时候歌唱学校要开学呀，还有别的各方面窃窃私语的无聊事儿。过了不久，那小伙子就想要一个媳妇儿，他一定会知道在哪儿找一个忠诚可爱的伴侣，而不用冒着任何弥尔顿所悲叹的学者和伟人们容易遇到的那种风险。

有人告诉我，在我的一些公开演讲中，由于我崇尚理智，所以就对私人关系表现出不应有的冷淡。然而现在我一回想起那种诋毁，几乎都有些畏缩。因为人就是爱的世界，年轻的灵魂在这里的自然中彷徨无主，后来投入爱的怀抱，最冷静的哲学家每当描述这种恩惠时，也不由得要收回一些有损社会本能的话，因为那是拂逆天性的。因为，虽然那种从天而降的狂喜只落到妙龄青年身上，虽然那不容分析，无法比较，使我们神魂颠倒的花容月貌在人过中年时难得一见，然而，对这种情景的回忆比其他的一切回忆都要持久，而且是一顶戴在白发苍苍的额头上的花冠。然而，这里有一件奇怪的事实：很多人在重温自己的经历时，似乎都觉得，在他们一生的书本中，最美好的一页莫过于对一些段落的甜蜜的回忆，在那里，爱情设法对一些偶然、琐碎的事件赋予一种魅力，竟然超过了爱情本身的真理所具有的深沉的吸引力。在回首往事时，他们可以发现：几件并非魔力的事情对求索的记忆来说，比把这几件事铭刻于心的魔力本身更加真切。然而，无论我们的具体经历如何，谁也不可能忘怀那种力量对他的心智的探访，因为正是这种力量使万象更新；这种力量是一个人身上音乐、诗歌与艺术的曙光；它使大自然红光满面，使昼与夜魅力无穷，那时候，一个声音的一点响动就使心怦怦直跳，与一个身影有关的最琐碎的小事也要紧紧地裹在记忆的琥珀里；那时候，一个人一露面，他就目不转睛，一个人一离去，他就思念不已；那时候，那少年对着一扇扇窗户终日凝望，见了一只手套，一方面纱，一条丝带，或一辆马车的轮子也心驰神往；对他来说，没有一个人太偏僻，没有一个人太沉默，因为他的新思想里有了更加丰富的友情，更加甜蜜的谈话，那是任何老朋友所不能给他的，尽管他们都是最好、最纯洁的人；因为这个钟情的对象的形容、举止、言谈都不像用水写下的其他的形象，而是像普鲁塔克所说的那样，是“用火烧了瓷釉”的形象，成了夜半切磋琢磨的对象。

你虽已离去，但实未离去，不论你在何方，
你把你那凝望的双眸、多情的心留在了他的身上。

在人生的中年和晚年，一回想起往昔就不禁怦然心动，因为那时候幸福还不够幸福，而且一定是被痛苦与恐惧的滋味麻醉了；这样评说爱情的人可算深得个中三昧：

其他的一切欢乐都比不上它的痛苦。

那时候白昼显得太短，黑夜也必须消磨在痛苦的回忆之中；那时候，脑海因为它决定采取的慷慨行动整夜在枕头上沸腾；那时候，月光是一种令人愉快的狂热，星星是文字，鲜花是密码，微风被谱成了歌曲；那时候，一切事务仿佛都是一种唐突，街道上奔忙的所有男女只不过是图画而已。

激情为青年把世界重建。它使万物生机盎然，意味深长。自然变得有了意识。现在，树枝上的每只飞鸟都对着他的心和灵魂歌唱。音符几乎都明白如话。他抬头仰望，云彩也长出了一副副面孔。林中的树木，摇曳的野草，窥视的花朵，都变得有了灵性；所以他几乎都害怕把它们似乎求告的秘密倾吐给它们。然而大自然总是善于抚慰，富于同情。在这个绿色的幽静去处，他找到了一个比与人相处更可爱的家。

冷清的源泉，无径的树林，
淡淡的激情喜爱的佳境，
月光下的幽径，这时所有的飞禽，
已安全进窝，仅剩下蝙蝠和猫头鹰，
一声夜半的钟鸣，转瞬即逝的呻吟——
这些才是我们向往的声音。

请看看林中那位可爱的狂人吧！他是一座充满了甜美的声音和华丽的景象的宫殿；他在扩大；他有两个人的个头；他走起路来双手叉腰；他自言自语；他与花草树木攀谈；他感到自己的血管里流着紫罗兰、三叶草、百合花的血液；他跟浸湿他的脚的溪流絮语。

那使他感受到自然美的热情促使他喜爱音乐和诗歌。人们在激情的驱使下写出了好诗，在别的情况下却不可能，这是一种屡见不鲜的事实。

同样的力量还使激情控制了他的整个天性。它扩展感情；它使粗人变文雅，给懦夫以勇气。只要它有所钟爱的对象的支持，它就向最可怜、卑贱的人注入睥睨世界的雄心和勇气。尽管它把他交给了另一个人，更重要的是把他交给了他自己。他是一个新人，具有新的知觉，新的更加急切的意向，以及一种宗教般庄严的性格和目标。他不再隶属于他的家庭和社会，他有了一定的分量；他是一个人；他是一个灵魂。

可见这种影响对那个青年非常巨大，在这里，让我把影响的性质做更进一步的探讨。我们现在正在赞颂美对人的启示，太阳在它愿意照耀的地方都受人欢迎，美正如太阳，它使每个人对它满意，也使每个人对自己满意，所以美似乎也感到自满自足。那位情郎不可能随心所欲地把他的姑娘描绘得可怜而孤单。正像一棵繁花盛开的树，社会替自身也提供了那么多含苞欲放、充满信息的温柔可爱之处，那姑娘教导他的眼睛，为什么描绘美时总要同时画上伴随着她的脚步的“爱”与“雅”。她的存在就使世界丰富多彩。尽管她认为别的一切人都太卑贱，不值得，便统统驱逐到他的视线之外，然而，她对他做出了补偿，办法是把她自己的存在化为某种非人格的、巨大的、尘世的东西，这样，这位姑娘在他眼里就成了世间一切美好事物和德行的化身。正因为如此，那位情郎在他的恋人身上看不出她跟她的亲属和其他人有什么外貌上的相似之处。他的朋友则发现她像她的母亲，像她的姊妹或者像跟她不是一个血统的人。那位情郎仅仅看到她像夏日的黄昏和璀璨的黎明，像彩虹和飞鸟的歌声。

古人把美叫作“德行开花”。谁能够分析那从某一个面庞和体形上闪现出的不可名状的魅力呢？我们觉得柔情缱绻、豪情满怀，然而我们却发现不了这种微妙的感情，这种飘忽的闪光为何而发？如果试图把它归结于生理结构，对于想象而言，就等于毁了它。它指的不是社会上熟知、描述的任何友谊或爱情关系，在我看来，指的却是另外某个不可企及的领域，指的是超群的微妙与甜蜜的关系，指的是玫瑰和紫罗兰暗示和预示的事物。我们无法接近美。它的性质就像乳白色鸽子颈项上的光泽，闪烁不定，转瞬即逝。在这点上，它与那些最精彩的事物相似，都具有彩虹的这一特点，占有和利用都不能得逞。让·保罗·里希特尔对音乐说道："去吧！去吧！你对我说了些我一生一世还没有找到，而且永远也不会找到的事。"难道他还另有所指吗？同样的流畅在每一件造型艺术作品中也可以观察到。一座雕像开始不可理解，逐渐无人批评，不再受规矩标尺的限制，只要求纵横驰骋的想象与它并进，并在所做的这种行为中说明它是什么，只在这个时候，这座雕像才成为美的。雕刻家的神或英雄总是表现在从可以诉之于感官到不可诉之于感官的一种过渡中。只有到那时，那雕像才不再是一块石头。这种说法也适用于绘画。至于诗歌，它的成功的取得不在于它使人平静和满足，而在于它使我们惊愕并激发我们重新努力去追求那不可企及的事物。关于这一点，兰多询问道："它是不是涉及某种更纯的感觉和存在的状态呢？"

同样，人体的美只有在下列情况下才会魅力无穷，才会成为真正的美：那时候，它使我们对任何目标都感到不满；

那时候，它变成了一个没有结尾的故事；那时候，它暗示出光辉和幻想，而不是尘世的满足；那时候，它使观望者感到自己的渺小；那时候，观望者觉得他无权占有它，哪怕他是恺撒也罢，就像他觉得无权占有天空和落日的光辉一样。

因此，就有这样的说法："如果我爱你，那对你来说是什么呢？"我们这么说，是因为我们感到我们所爱的东西不在你的意志之中，而是在你的意志之上。它不是你，而是你的光辉。它在你的身上，可是你不知道，而且永远也不会知道。

这就跟古代作家所津津乐道的那种高级美学不谋而合。因为他们说：人的灵魂，尽管体现在人间，却在上下求索着它自己的来世，因为它正是从那里来到人世间的，然而不久就被太阳的光辉照懵了，除了今世的事物，别的什么都看不到，其实它们只不过是真实事物的影子。因此，神把青春的光辉送到灵魂前，这样它就可以利用美丽的肉体，把它们作为它回忆天上美好事物的依傍；于是，在女性身上看见了那样一个人的男子就向她跑来，在观照这个人的形体、动作和智慧时发现了最大的欢乐，因为它向他暗示了真正寓于美之中的事物的存在，和美的起因。

然而，如果灵魂与物质事物交流过多，灵魂变粗俗了，把它的满足错误地寄托在肉体内，那它获得的只有悲衰了，因为肉体履行不了美做出的许诺；然而，如果接受了这些景象的暗示和美对他的心灵所做过的提示，灵魂就穿过肉体，落下来欣赏性格的种种表现，而恋人们就在他们的言谈和行动中彼此关照，然后他们就进入美的真正殿堂，爱美的火焰越燃越旺，而且用这种爱熄灭了卑劣的感情，就像太阳照耀着火炉，把炉火扑灭了一样，于是他们变得纯洁、神圣了。通过跟那种本身就是优越的、高尚的、谦逊的、正义的事物交流，情郎就更加热爱这些高贵的事物，更加容易理解它们。于是他从爱一个人身上的这类事物推广到爱一切人身上的这类事物，所以那一个美丽的灵魂仅仅是一扇门，他从中穿过，进入那所有的纯真的灵魂构成的社会。在他的伴侣所在的那个社会里，他对任何斑点、任何污迹看得更加清晰，因为那都是她的美从这个世界沾染来的，而且他也能把任何一个污斑指出来，他们共同感到高兴的是现在他们俩都能指出彼此的缺点和妨碍，一不见怪，并且能够在克服同一种缺点时互相帮助，互相安慰。由于在许多灵魂中看见了这种神圣美的特色，由于在每个灵魂里把神圣的东西与它从世界上沾染来的污迹分开，那情郎便踩着经过创新的灵魂们的这架梯子攀登上至高无上的美，攀登上对神性的爱与知。

各个时代真正的有识之士给我们讲的爱与此大致相仿。这种理论既不老，也不新。如果柏拉图、普鲁塔克、阿普列乌斯讲过，那么彼特拉克、米开朗琪罗和弥尔顿也讲过。一种地下的谨慎用控制地上世界的语言主持着婚礼，而一只眼睛却在地窖里搜索，因而它最严肃的讲话也带有一种火腿和碾槽的气味。那种关于爱的理论则期待在反对和指责这种地下谨慎的行动中出现一种更真实的表露。这种享乐主义闯入青年妇女的教育阵地，枯萎了人性的希望和感情，宣扬什么婚姻的意义不外乎家庭主妇的节俭。此外，妇女的生活没有别的目标，到了这种时候，情况就不堪设想了。

然而，这种爱的梦，尽管美丽，只不过是我们戏剧中的一幕而已。在自内向外的进程中，灵魂不断扩大自己的圈子，正像石块扔进水池、光芒从天体上发出那样。灵魂的光辉首先照到最近的事物上。照到每一个用具和玩具上，照到保姆和用人上，照到房子、院落和过往的行人上，照到家庭相识的圈子上，照到政治上、地理上、历史上。然而事物在不断按照更高级、更内在的规律把自己加以组合。邻里、大小、数目、习惯、人，逐渐失去左右我们的力量。因果，真正的近似，对灵魂和环境之间的和谐的渴望，进步的、理想化的本能，然后则占了上风，不可能从高层关系倒退到低层关系。这样一来，甚至爱，尽管被人奉若神明，也必须一天天变得非人格化。关于这一点，起初是不露痕迹的。一对青年男女通过相邻的房间暗送秋波，眼睛里充满了相互理解，充满了今后要从这种新的、一分外在的刺激中产生的宝贵成果，但他们想得很少。草木的活动首先从茎皮和叶芽的骚动开始。那一对男女从暗送秋波开始，进一步就互献殷勤，然后便激情似火，海誓山盟，最后结为夫妻。激情把它的对象看成浑然一体。灵魂完全体现为肉体，肉体完全被赋予灵魂。

她的纯洁、雄辩的血气，
用她的双颊说话，而且活动得如此显豁，
人们简直要说她的肉体在思索。

罗密欧如果死了，就应当被切成一个个小小的星星去美化天空。人生有了这样一对典范，除了追求朱丽叶——追求罗密欧，就没有别的目标。黑夜、白昼、学问、才华、王国、宗教，都容纳在这个充满了灵魂的形体里，包含在这个采用一切形体的灵魂里，恋人们喜欢耳鬓厮磨，喜欢海誓山盟，喜欢比较他们的体贴。独自一个人时，他们就追忆对方的影像，聊以自慰。对方是不是看见了现在正使我销魂的同一颗星、同一朵正在消逝的云，读着使我欣喜的同一本书，感受着同样一种感情？他们掂量他们的爱情，对诸多利益、好友、良机、巨财加以估计，才欣然发现他们乐意交出一切去赎回那种美，那可爱的头脑，只要它毫发无损。然而人类的命运却落在这些孩子身上。危险、悲哀、痛苦向他们袭来，如同向大家袭来一样。爱在祈求。它为了这个亲爱的伴侣跟“永恒的力量”订约。这样便缔结了姻缘。它对自然界的点点滴滴都增加了一种新的价值，因为它把整个关系网中的每一条线都变成一缕金辉，将灵魂沉浸在一种新的更甜美的环境里，然而这种结合依然是一种暂时状态。鲜花、珍珠、诗歌、宣言，甚至另一颗心里的家并非总能满足那居留在肉体里的令人敬畏的灵魂。它最终把自己唤起，抛开那些耳鬓厮磨的做法，仿佛抛开玩具似的，然后穿上铠甲，去追求一些远大而普遍的目标。在每个人灵魂中的灵魂，由于渴望至福，便在别人的行为中发现了龃龉、缺陷和失调。于是就引起了惊讶、抗议和痛苦。然而，把他们彼此吸引到一起的东西就是美好的征兆，德行的征兆；而这些德行就在那儿，不管它们多么暗淡无光。它们层出不穷，吸引力继续存在；然而体贴改变了，离开了征兆，依附于实体。这就补救了被伤害的感情。与此同时，生命在慢慢延续，事实证明它是一场把各个方面一切可能的地位变换组合的游戏，利用了每一方的所有智谋，使每一方认识到别人的强弱。因为他们在彼此的心目中应当代表人类，这正是这种关系的性质和目的。世界上存在的一切，实际知道的或应当知道的一切，统统被巧妙地编织到男人和女人的肌体里。

爱配给我们的那个人身，
像吗哪一样滋味充分。

天旋地转；情况时时在变。住在肉体这座庙宇里的天使出现在窗口，妖魔和邪恶也是这样。所有的德行把它们连为一体。如果有了德行，一切邪恶本身也就为人所知；他们坦白后便逃之夭夭。恋人们一度如火如荼的体贴被时间冷却在各自的胸怀里，激烈有所减，但范围有所增，所以它就变成了一种彻底真诚的理解。他们毫无怨言，彼此心甘情愿地去担任男男女女最终单独被指派去执行的有益职务，并且用一度不能忘怀其对象的那种激情交换一种对彼此的计划所做的快乐而自由的推动，不管它存在还是不存在。最后，他们发现：最初把他们吸引到一起的一切——那些曾经还是神圣的相貌，那种魔力的神奇表演——都是暂时的，却具有一种预期的目标，就像建房用的脚手架一样；而年复一年智与心的净化却是真正的婚姻，这是从一开始就预见到并准备好的，但却是他们绝对意识不到的。一男一女两个人，天赋相异而又相关，就用这些目标关在一座房子里，在婚姻交往中度过四五十个春秋，一看这些目标，我就毫不奇怪心从幼年就预言这一决定时刻时为什么如此强调，我也毫不奇怪本能用来装饰洞房的美为什么那么丰富，原来天性、智力和艺术在礼物和它们配给新婚贺词的乐曲方面在竞赛。

这样，我们被安排接受培训，以便能胜任一种爱，它不分性别，不论人格，不厚此薄彼，而只是到处寻求德行和智慧，以增加美德和智慧为目的。有的时候爱情统治、吸引着人，并使他的幸福依赖一个人或一些人。然而人们很快又看见心灵生机盎然——它的穹隆被万盏长明灯火照得金光闪亮，而像乌云一样掠过我们心头的热烈的爱情和恐惧一定失去它的明确特性，跟上帝融为一体，以取得它们自身的完善。然而，我们不必害怕由于灵魂的进步我们就会失去什么。灵魂永远可以信赖。

友谊

一滴鲜红、豪侠的血液，
比汹涌的大海还重。
世人来往、漂泊不停，
有情人却岿然不动。
我想着他已无影无踪，
然而，过了许多许多年，
犹如天天东升的朝阳，
未尽的亲切灿烂依然。
我那耿耿之心又自由舒畅——
啊，我的朋友，我的胸臆声称，
只有通过你，天是穹庐，
只有通过你，玫瑰花红，
通过你，万物才有更高贵的形体，
通过你，万物的眼光远大崇高，
按你的价值，我们命运的轮回，
就是那太阳的轨道。
你的高贵也教会我，
如何控制我的绝望；
我的隐秘生活的源泉，
通过你的友谊，清波荡漾。

我们所具有的友爱要比人们说过的多得多。虽然仍有像寒风一样使世界骤然变冷的自私，整个人类的大家庭还是沐浴在一种像纯净的以太那样的爱的元素里。有多少人我们在房屋里邂逅逢，虽然我们很少跟他们说话，但是我们尊敬他们，他们也尊敬我们！有多少人我们在大街上见过，有多少人我们在教堂里坐在一起，我们虽然沉默寡言，却因能跟他们相处而深感欣喜！读一读那些目光交流中的信息吧。心是明白的。

放纵这种人间情谊，结果就造成一种由衷的快乐。在诗歌里，在普通的讲话里，人们感受到的对别人仁慈和满足的感情被比拟成火焰；这些微妙的内心的光照就是那样迅速或者还要迅速得多，活跃得多，令人舒畅得多。从程度最高的炽热的爱情，到程度最低的善意，它们都把生活变得美满甜蜜。

我们的智力与活力随着我们的情感增长而增长。学者坐下来写作，多少年的苦思冥想没有给他提供一点精辟的见解或一种满意的表达；这就有必要给朋友写封信了——顿时就浮想联翩，信笔写来，绝妙好词自动涌现。注意，在每一个讲究德行和自尊的家里，一位生客的到来引起了一番慌乱。一位受人推荐的陌生人被期待着，然后宣告他的到来，于是介乎欢乐和痛苦之间的一种不安侵入一家人的心田。他的来临几乎给要欢迎他的一颗颗心带来了忧虑。房子打扫了，一切东西各归其位，脱去旧衣换上新装，如有能力，他们还必须设宴接风。关于一个受推荐的陌生人，只有别人讲的好话，只有我们听到的好消息、新消息。对我们来说，他代表的是人性。他就是我们一心向往的东西。把他想象、揣摩过后，我们便产生了这样的疑问：我们在谈话和行动上应当怎样投那样一个人的所好，并且感到忧虑重重，坐卧不宁。同一种考虑升华了跟他的谈话。我们的谈吐比平常要高雅。我们的思路非常敏捷，记忆更加丰富，我们的无言的恶鬼一时便悄然离去。我们能把一系列真诚、文雅、丰富的交流继续很长时间，这都是从最老、最秘密的经验中汲取来的，所以我们的家人和相识中有人坐在一旁，一定对我们不同寻常的能力大为惊讶。一旦这位陌生人在谈话中透露出他的癖好，他的臆断，他的缺陷，一切就算过去了。他已经把他将要从我们这儿听到的最初的、最后的、最好的话都听到了。现在他不再是个陌生人了。庸俗、愚昧、误解都成了家常便饭。这样，当他来时，他仍然会受到礼遇，会设宴为他接风——然而，心的悸动、灵魂的交流却不复存在了。

这些感情的喷射又替我缔造了一个年轻的世界，什么能这样令人惬意呢？什么能像两个人用一种思想，用一种感情，正当、稳固的邂逅这样美妙呢？才华出众、心地坦诚的人的脚步和身影走近了这颗狂跳的心，那是多美的事啊！每当我们放纵感情时，地球也为之变形；没有冬天，没有黑夜；一切悲剧，一切厌倦，荡然无存——甚至一切义务；除了亲爱的人的喜气洋洋的身影，什么也填不满这不断进展的永恒。让灵魂确信在宇宙的某个地方，它应当与它的朋友重逢，它会独自满足、快乐一千年。

今天早上，我一觉醒来，对我的朋友，不论老的，还是新的，感到由衷的感谢。我可以把上帝叫作美吗？因为他每天用赠品向我显示了他的美？我非难交际，我信奉独居，然而我还不至于如此不知趣，竟然不去看看不时从我的门口经过的聪明的人、可爱的人、灵魂高尚的人。谁听我的话，谁理解我，谁就变成我的人——一笔永恒的财产。大自然还不至于穷得不给我几次这样的欢乐，这样，我们在编织自己交际的线，一个新的关系网；而且由于许多新思想连续证明自己有根有据，不久以后，我们将屹立在一个我们自己创造的新世界里，不再是一个传统的星球上的陌生人和漂泊者，未经寻访，我的朋友已经自己找上门来。伟大的上帝把他们交给了我。根据最古老的权利，根据德行跟它的神圣亲缘，我找到了他们，或者确切地说，不是我，而是我和他们身上的神嘲弄并勾销了个人性格、关系、年龄、性别、环境的厚墙，凡此种种，他通常表示默许，现在却化多为一了。出类拔萃的恋人们，我对你们感激涕零，因为你们替我把这个世界引向新的高度，扩大了我的所有思想的意义，这些人就是万代诗宗的新诗——永不停止的诗——圣诗、颂诗、史诗，仍然流动不止的诗，阿波罗和缪斯们仍然吟唱的诗。这些人也会再次跟我分离，还是其中一些会跟我分离？我不知道，不过我并不害怕；因为我跟他们的关系是如此纯洁，所以我们是由单纯的亲和力维系在一起的，我的生命的精神由于这样喜欢交际，同一种亲和力将会在任何跟这些男男女女一样高贵的人身上产生力量，无论我在何处。

在这一点上，我承认天性极其脆弱。对我来说，把感情中“误喝下的酒里的甜毒挤出来”简直是危险的。对我来说，一个新人是一件大事，使我睡不着觉。我往往特别喜爱给了我美好的时光的人，然而这种欢乐白天就结束了；它没有产生任何结果也没有产生思想，我的行动也很少更改。我必须对朋友的成就感到骄傲，仿佛它们就是我的成就似的——而且好像是他的德行中的一种特性似的。他受到赞扬时我心里就热乎乎的，就像情郎听见有人赞扬他的未婚妻一样。我们把朋友的良心估价过高。他的善良似乎胜过我们的善良，他的天性似乎更好，他的诱惑好像较少。属于他的一切——他的名字，他的形体，他的穿戴、书籍和工具——幻想都美化了。我们自己的思想出自他之口就显得新鲜博大。

然而心脏的收缩与扩张跟爱的消长不无相似。友谊就像灵魂的不朽，好得令人难以相信。情郎看见了他的意中人，只是略有所知她并不是他所崇拜的真正对象；而在友谊的黄金时刻里，哪怕稍微的怀疑和不信我们都感到惊讶。我们疑心是否给了我们的英雄赖以发光的美德，尔后又去崇拜我们认为圣灵赖以栖身的那个形体。严格地讲，灵魂尊敬人不如尊敬它自己。从严格的科学意义上讲，所有的人都处于同一种无限遥远的状态之下。难道我们怕挖掘寻找这座天国圣殿的形而上的基础会冷却我们的爱？难道我将不会像我所看见的事物那样真实？如果我是这样，我就不害怕了解他们的真相。他们的本质跟他们的外表一样美，尽管要理解它还需要更加灵敏的器官。对科学来说，植物的根并不难看，尽管要做花冠、花球，我们还是把茎剪短。而我必须冒险在这些宜人的遐想中提供这一赤裸裸的事实，尽管事实证明它可能是我们宴会上的一具埃及骷髅。一个与自己的思想保持一致的人就会自命不凡。他意识到的是一种普遍的成功，即便它是通过一贯的特殊失败而取得的。任何优点，任何能力，黄金和力量，都无法与他匹敌。我只好依赖自己的贫困，而不是你的财富。我无法使你的意识和我的等同。只有恒星光彩夺目；行星仅有一种月亮似的微光。我听见了你对你所赞扬的那一方的令人钦佩的才华和受过磨炼的气质所说的话，然而，我明白尽管他身穿紫袍，我还是不会喜欢他，除非他最终就是一个像我这样的穷光蛋。朋友啊，我无法否认“现象”的巨大阴影也把你包括在它斑驳陆离的无限之中，跟你相比，别的一切也都是影子。你不是“存在”，而“真理”、“正义”却是——你不是我的灵魂，而是灵魂的一幅肖像。你最近才来到我这里，而你已经拿起你的帽子和外衣准备走了。灵魂生出朋友就像树木长出树叶一样，很快就生出新芽，逼走旧叶。难道不是这样吗？自然法则就是永恒的交替。每一种令人震惊的状态都会引起相反的效果。灵魂由朋友包围着，这样它就可以进入一种更高贵的自我认识或孤独境地；它单独活动一段时间，这样它可以升华它的谈话和社交。这种方法随着我们个人关系的全部历史把自己表露出来。感情的本能复活了同我们的伴侣结合的希望，回归的孤立感又把我们从追求中召回。这样，每个人在寻求友谊中度过了他的一生，如果他把自己的真情实意记录下来，他可以对每一个他要钟爱的对象写下这样的一封信。

亲爱的朋友：

如果我相信你，相信你的能力，一定要使我的心情与你的一致，我就再也不会想到与你的来往有关的琐事了。我并非十分聪明；我的心情完全可以企及；我敬仰你的天才；对我来说，它至今还是高深莫测；然而我不敢妄加推测你对我就十分了解，因此你对我只是一种惬意的苦恼。永远属于你的，或永不属于你的。

然而这些局促不安的欢乐和细微尖锐的痛苦是为了好奇，不是为了生活。不能叫它们放任自流。这等于结网，不是织布。我们的友谊匆匆忙忙得出一些浅薄可怜的结论，因为我们已经把它们变成一种酒和梦的组织，而不是人心的坚韧结构，友谊的法则是严厉的，永恒的，与自然法则和道德法则属于同一个网。然而我们瞄准的是急功小利，吮吸一种突然的甜蜜。我们攫取上帝的整个花园里的最迟的果子，许多冬夏才能使它成熟。我们寻友并不是抱着神圣目的，而是怀着一种要把他据为己有的淫邪的激情，徒劳无益。我们全身用阴险的对抗武装起来，我们一见面，它就开始发挥作用，把一切诗歌变成了陈腐的散文。几乎所有的人都屈尊相见。一切交往必定是一种妥协，最糟糕不过的是，当他们相互接近的时候，每一个美好的天性之花的精华和芳香便立即消失。实际的社交是一种多么永久的失望，甚至德才兼备之辈的社交也在所难免！会见以远见卓识完成以后，过了不久，正当友谊和思想的鼎盛时期，我们便必须受屡遭挫折的打击的折磨，受突如其来、没有道理的冷漠的折磨，受机智和血气的癫痫的折磨。我们的才能欺骗了我们，双方都由孤独来解救。

我应当能够应付每一种关系。我有多少朋友，我在跟每一位交往中能得到什么满足，即便其中有一位我应付不了，这都没有任何关系。如果我无法应付局面退出了一场比赛，那么我在其余的所有对抗中发现的乐趣就变得卑鄙懦弱。我应当恨我自己，如果那时我把别的朋友都当成我的避难所的话。

转战沙场的名将不管多功高，
百战百胜后只要有一次失手，
便从功名册上被人一笔勾销，
毕生的勋劳只落得无声无息。

这样，我们的急躁便被痛斥。腼腆和冷漠倒是一层硬壳，一种细嫩的组织在里面受到保护，以免提前成熟。如果任何最优秀的灵魂尚未成熟到知道并拥有这一组织的地步，而它先知道自己，那它就会丧失。尊重那naturlangsamkeit，它用一百万年把红宝石变硬，并持之以恒地工作着，阿尔卑斯山和安第斯山在这种进程中像彩虹一样出现，消失，消失了又出现。我们生命的良好精神没有和鲁莽的价值相当的天堂。爱是上帝的本质，因此它不代表轻浮，而代表人的整个价值。让我们不要在我们的体贴中具有这种幼稚的奢华，而要有最简朴的价值；让我们接近我们的朋友，大胆信任他的真心，大胆信任他宽广的基础，那是不可能被推翻的。

这个论题的吸引力是不可抗拒的，所以我暂时先丢开对次要的社交效益的一切论述，专门讲讲那种卓越、神圣的关系，因为它有一点绝对，甚至使爱的语言都显得可疑，都成了老生常谈。这种关系要纯洁得多，什么也没有这样神圣。

我不想把友谊精雕细刻，只想大刀阔斧地加以处理。如果友谊真诚，它就不是玻璃丝，不是窗户上的霜花，而是我们所知道的最结实的东西。积累了多少世代的经验，到了现在，我们对自然界，对我们自己又有些什么了解呢？人对自己命运问题的解决还没有迈出一步。人类众口一词谴责愚蠢。然而我从兄弟的灵魂的这种联合中汲取来的那种甜蜜、诚挚的欢乐与和平就是果仁本身，而一切性格，一切思想只不过是外壳。庇护一位朋友的房子有福了！不妨把它建成喜庆的园亭或拱门，款待他一天。如果他知道那种关系的庄严，并尊重它的规律，那它的福气就更大！谁主动提出订那种盟约，谁就像一名奥林帕斯神一样前来参加重大比赛，在那里，世界上最年长的人都是赛手。他主动提出参加各种竞赛。“时间”、“匮乏”、“危险”都列在那里的名册上，只有性格里有足够的真，能保护他娇艳的美不受这一切损伤的人才是优胜者。运气的天赋或许有，或许没有，然而那种比赛中的一切速度都取决于固有的高贵和对琐事的轻蔑。有两种元素组成了友谊，每一种都至高无上，我竟分不出孰优孰劣，提名时也没有理由区分先后。一种就是“真”。朋友是一个我可以与之推心置腹的人。在他面前我想什么就说什么。我终于来到一个人的面前，他是那样真诚，那样平等，我竟然可以扔掉掩饰、礼貌和深思熟虑这些贴身内衣，那是人们从来不脱的东西，而且可以跟他以一个化学原子同另一个化学原子相遇的单纯和完整打交道。诚挚就像王冠和权威，是最高级别才获许享受的奢华，只有那种人才得到允许说真话，因为在此之上再没有什么好企求、好遵循的。每个人独自一人的时候是诚挚的。第二个人一插足，伪善就开始了。我们用问候，用闲话，用娱乐，用挑逗来回避、抵挡我们的同类的到来。我们把自己的思想千层百叠地掩盖，不让他知道。我认识一个人，他出于某种宗教狂热，扔掉了这层虚饰，省去了一切恭维和客套，对他遇见的每一个人的良心说话，而且还带着洞见和美说话。起初，他遭到抵制，人人都说他是个疯子。可是他坚持这样做，因为他实在由不得自己，久而久之，他尝到了甜头，他引导他所认识的每一个人跟他建立了一种真正的关系。谁也想不到跟他说假话，或者跟他闲聊什么市场和阅览室之类的事而把他搪塞过去。然而这么多的诚挚迫使每个人有了类似的坦白直率的举动，他怎样热爱自然，他有什么诗情画意，他有什么真理的象征，他自然要表现给每个人。然而对我们大多数人来说，社交叫人看的不是它的脸和眼，而是它的侧身和后背。在一个虚伪时代里，跟人们维持一种真诚的关系就等于发狂，难道不是吗？我们很难挺直腰杆走路。我们遇见的每一个人几乎都需要某种礼貌——需要迁就；他有某种名气，某种才气，脑子里有某种宗教或慈善的奇思妙想，这都是不容置疑的，而这恰恰糟蹋了跟他的一切谈话。然而，朋友是一个头脑清醒的人，他利用的不是我的机敏，而是我本人。我的朋友款待我，而不要求我答应任何条件。因此，朋友是自然界的一种悖论。我单独存在着，我在自然界一无所见，而自然界的存在我可以用跟我的存在同等的证据来证实，现在我看见了我的存在的近似物，无论高度、品种和奇特性都相仿，只是用一种外来的形式重现出来，所以一个朋友不妨看作大自然的杰作。

友谊的另一种元素是柔情。我们被每一种纽带，被血统、自尊、恐惧、希望、钱财、情欲、仇恨、钦佩，被每一种环境、标志和琐事跟人们维系起来，然而，我们很难相信另一个人能有那么多的特点，以至于通过爱来吸引我们。难道另一个人能够这样神圣，我们能够这样单纯，以至于能向他表示柔情？当一个人赢得了我的喜爱时，我就达到了幸运的目标。我发现书上写的东西很少直接触及这一问题的核心。然而我还是有一句不得不铭记于心的名言。我所喜爱的作家说："我把自己勉强而迟钝地奉献给那些人，实际上我就是他们的，我对谁最效忠，奉献得就最少。"我希望友谊不仅应当有眼睛，有口才，而且应当有脚，它首先必须脚踏实地，然后才能跳过月亮。我希望它先像一个平民，然后再像一位天使。我们责难那个平民，因为他把爱造成了一种商品。它是一种礼物交换，一种有用的贷款的交换；它是好邻居；它通宵守护病人；它在出殡时扶柩；却忽视了这种关系的微妙和崇高。然而，虽然我们发现不了那随小贩伪装下的神灵，可是另一方面，如果诗人把线纺得过细，不能用公正、守时、忠诚、怜悯这样一些市政美德充实他的传奇，我们也不能原谅他。我憎恨滥用友谊的名字去表示时髦、俗气的联合。我喜欢农家子弟、铁皮小贩的结交远远胜过招摇过市、乘坚策肥、花天酒地地去庆贺他们相逢的日子的那种柔滑香艳的和气。友谊的目的就是一种能够参与的最严格、最朴实的社交；比我们所经历的任何社交都要严格。它是通过所有的关系和生死变迁所追求的援助和安乐。它适宜宁静的日子、高雅的才情和乡村的漫步，然而，也适用于崎岖的道路和粗糙的饮食、沉船、贫困和迫害。它欣赏连珠的妙语，也佩服宗教的入定。我们要给彼此的日常需要和人生职责赋予尊严，用勇气、智慧与和谐为友谊增光添彩。它永远不应当落入成规俗套之中，而应当机智灵敏，富有创造性，给单调乏味的东西增添韵律和情理。

友谊可以说需要种种极端稀奇、昂贵的天性，每一种都调和匀称，适应自如，而且境况如意（一位诗人说，甚至在那种具体情况下，爱要求各方完全成双配对），因此很难满足它的要求。一些精于这种热门心理学的人说，在两个以上的人中间，它无法达到完善的境地。我对自己的定义并不十分严格，也许因为我从来没有像别人那样有过这样的深情厚义。我宁肯让我的想象满足于一种彼此关系不同的、超凡入圣的男女组成的圈子，他们之间存在着一种高超的理解。然而我发现这种一对一的法则对于会话是不容违反的，而会话则是友谊的实践和完成。不要把水搅得太浑。把最好的搅和在一起跟好坏相混一样糟糕。你把两个人分开，分别与每一个交谈，一定十分有益，令人愉快，然而让你们三个人凑在一起，你就不会有一句新鲜知心的话。两个人可以说，一个人可以听，然而三个人不能进行一场最诚挚、最彻底的交谈。在融洽的交往中如果没有第三者在场，两个人隔着桌子谈话的情况绝对不会出现。在融洽的交往中，个人把他们的自负都融入一个跟在场的几种意识范围完全同等的交际灵魂之中。朋友对朋友的偏爱，兄弟对姊妹、妻子对丈夫的爱恋，在那里没有一样是中肯的，而是完全相反。只有能在这一伙人的共同思想上扬帆航行，而不是可怜巴巴地局限于自己的思想里的人，那时候才能讲话。现在良知所要求的这种集会破坏了卓越会话的高度自由，因为这种会话要求两个灵魂绝对融为一体。

只有两个人单独在一起，才能进入一种更加单纯的关系。然而，决定哪两个人交谈的却是性格的近似。互不相干的人是不会给对方欢乐的，他们也永远不会认为每个人会有潜力。有时候，我们谈到一种会话的卓越的才华，仿佛它就是某些个人身上的一笔永久财产似的。会话是一种暂时的关系——如此而已。一个人被认为有思想，有口才，尽管如此，他对他的表弟或叔父却说不出一句话来。他们指责他的沉默就跟责怪阴影里的日晷没有意义是一个道理。在阳光下，日晷就会标明时刻。在那些欣赏他的思想的人中间，他又会开口说话。

友谊需要那种相似与不似之间的中庸之道，它用一方所表现出的能力刺激另一方。让我孑然一身直到世界的末日，而不要我的朋友有一句话或一瞥目光超越他真正的同情。对抗和依从同样都对我造成障碍。让他显出自己的真正面目，一刻也不要停。他的就是我的，我在当中得到的唯一欢乐就是：不是我的反而就是我的。在我寻求一种果断的促进，或者至少是一种果断的对抗的地方，我讨厌找到一块软乎乎的退让。宁做你的朋友肋间的荨麻，也不做他的回声。高级的友谊所要求的条件就是独立工作的能力。高级职务则需要伟大、超绝的本分。必须先有真正的二，然后才会有真正的一。让它先成为两种彼此虎视眈眈、望而生畏、又大又凶的天性的联合，然后它们才在这些差异之下进行深刻的认同。

只有灵魂高尚的人才配这种社交；只有确信伟大、善良总是经济的人才配这种社交；只有不急于干涉他的命运的人才配这种社交。让他不要对此干涉。让钻石自己决定它的生长期吧，也不要指望促成永恒的诞生。友谊需要一种宗教式的对待。我们奢谈选择朋友，可是朋友都是自行选择的。尊敬就是其中的一大部分。把你的朋友当作一场景观对待。当然他的长处不是你的，你也无法尊重那些长处，如果你一定要把他搂进你的怀抱的话。靠边站；给这些长处腾出地方；让它们高升、扩张。你是他的纽扣的朋友还是他的思想的朋友？对于一颗伟大的心，在千百件具体事情上他仍然是个陌生人，这样他才可以在最神圣的土地上向你靠近。让孩子们把朋友当作财产去对待吧，让他们去吮吸一种短暂的、破坏一切的欢乐，而不去享受最高贵的利益。

让我们用长期的见习获得进入这一行会的资格吧。我们为什么应当用打扰的办法去亵渎这些高尚美丽的灵魂呢？为什么硬要跟你的朋友建立种种轻率的个人关系呢？为什么要去他家，或者认识他的母亲、兄弟姐妹呢？为什么要让他来你家拜访呢？对我们的盟约来说，这些东西都是实质性的吗？别搞这种摸摸碰碰、抓抓挠挠的举动。让他在我心目中是一种精神，一种启示，一种思想，一种诚挚。他投来的一瞥目光，我需要，但不要新闻，不要肉汤。我可以从低级的伙伴们那里得到政治、闲谈和邻居的诸多方便。难道我的朋友的交往对我来说不应当像大自然本身一样富有诗意、纯洁、普遍、伟大？难道我应当感到我们的联系与睡在天边的那朵云相比，与分开小溪的那团摇曳的草相比，是不圣洁的？让我们不要把它贬低，而是把它抬举到那个标准。那睥睨一切的巨眼，他那神态和行动的目无下尘的美，使你感到自豪的不是减少，而是增强。崇拜他的种种优越；希望他一点不要减少，而是把它们全部珍藏起来一一数说。把他当作你的对等人物守护着。让他在你的心目中永远是一种美好的敌人，桀骜不驯，令人肃然起敬，而不是一个无足轻重的便利设施，很快就成了背时货，被扔到一边。蛋白石的色彩，金刚石的光辉，如果眼睛离得太近，是不会看见的。我给我的朋友写一封信，又接到他的一封信。这对你来说，是小事一桩。但它却满足了我的需要。那是一件值得他给，也值得我收的精神礼物。它不亵渎任何人。心会相信这些热情的语句，因为它不愿说出口来，有一种存在比一切英雄主义的历史已经证实的还要神圣，心将会倾吐出对它的预言。

所以尊重这种友情的神圣法则就不至于因为你没有耐心而把友情的两性花损害，无法开放。我们必须是我们自己的，然后才能成为他人的。按照这样一句拉丁文谚语，至少在犯罪中存在着这种满足——你可以以平等的地位跟你的同谋讲话。对于那些我们爱慕的人，起初我们做不到。然而在我看来，自制的最小缺点也破坏了整个关系。两个精神只有在它们的对话中，每一个都代表全世界，他们之间才会有深沉的和平，相互的尊敬。

什么像友谊那样伟大，就让我们把它同我们所能获得的什么样的壮丽精神一起占有吧。让我们保持沉默——这样，我们就可以听见众神的低语。让我们不要干扰。谁让你考虑你应当向卓越的灵魂讲些什么，或者如何对它们去讲？不管多么机灵，不管多么文雅和蔼。愚蠢和智慧分三六九等，对你来说，无论说什么都是轻浮的。等着吧，你的心一定会说话的。一直等到必须和永久压倒你，一直等到白昼和黑夜使用你的嘴巴。德行的唯一报酬就是德行；交朋友的唯一方法就是做一个朋友。走进一个人的家并不等于接近一个人。如果没有相似之处，他的灵魂只会更快地躲开你，你永远也不会看到他真诚的一瞥。我们看见高贵的人们远在天边，他们都在排斥我们；我们为什么还要闯进去呢？很晚——很晚以后——我们才看到社交的种种安排，种种引荐，种种惯例和习俗，都无助于使我们跟他们建立那种我们所向往的关系——然而，唯独我们身上的天性上升到与他们身上的天性同样一个高度，我们才会像水和水那样相遇；如果那时我们遇不到他们，我们也将不需要他们，因为我们已经成了他们了。归根结底，爱只不过是一个人自己应得的敬重从别人身上反映出来罢了。人们有时候跟他们的朋友互换姓名，好像他们要表示：在他们的朋友身上每个人热爱的就是他自己的灵魂。

我们对友谊的格调要求越高，当然，跟有血有肉的人建立友谊就越不容易。我们在世界上踽踽独行。我们所向往的那种朋友只不过是梦幻和寓言。然而崇高的希望永远在鼓舞忠诚的心，因此在别的地方，在普遍力量的其他领域，能爱我们，也能被我们所爱的灵魂们正在活动，正在忍受，正在挑战。我们值得庆幸的是：青年的时代、愚蠢的时期、错误的时期、耻辱的时期已在寂寞中过去，当我们成为卓有成就的人时，我们将用英雄的手去握英雄的手。只是要听你已经看见的东西的规劝，不要用低级人物去破坏友谊的联盟，因为在那种人身上不会存在友谊的。我们的浮躁把我们出卖给轻率、愚蠢的团伙，那是上帝不屑一顾的。坚持走你自己的路，尽管你略有所失，却大有所获。你表明了心迹，以便拒虚伪的关系于千里之外，你把世界上最德高望重的人吸引过来——这些罕见的漂泊者在自然界里同时只有一两个在漫游，在他们的面前，芸芸众生看上去只不过是幽魂和阴影而已。

害怕把我们的联系搞得精神气味太浓，仿佛这样做了，我们就会失去什么真正的爱似的，这真是愚蠢之至。

无论把我们从洞察中得出的流行观点怎样纠正，大自然一定会证明我们这样做是对的，虽说这样做似乎剥夺了我们的一些快乐，但大自然偿还给我们的欢乐将会更大。如果我们愿意，就让我们感受一下人的绝对孤立。我们确信我们身上具有一切。我们到欧洲去，我们追随一些人，或者我们读书，因为我们本能地相信这样做将会把我们身上的一切唤起，把我们揭示给我们自己。全都是乞丐。那些人跟我们一样，那个欧洲只不过是死人们的一件褪了色的旧衣；那些书只不过是他们的幽灵。让我们丢掉这种偶像崇拜。让我们放弃这种乞讨生活。让我们向我们最亲爱的朋友告别，并对他们嗤之以鼻，说道："你算什么？放开我，我再也不依赖别人了。"啊！兄弟啊，难道你不明白我们这样分别，只是为了在更高层次上重逢，只是为了更多地属于对方，因为我们现在更多地属于我们自己？一个朋友有两副面孔。他既回顾过去又展望未来。他是我所有的以前的时光的产儿，又是未来的时光的先知，也是一位更加伟大的朋友的先驱。

所以我对待我的朋友就像我对待我的书籍。我在哪儿发现他们，我就占有他们，然而我很少使用他们。我们必须按我们自己的主张社交，只要有一丁点理由，就可以把谁接纳或排除。我不能同我的朋友交谈很多。如果他伟大，他就使我也非常伟大，所以我就不肯屈尊交谈。在伟大的日子里，种种预感在我们面前的天空里盘旋。我应当把自己奉献给它们。我走进去为的是抓住它们，我走出来也为的是抓住它们。我只是害怕它们会消失在天空里，它们现在在那里只不过是一片更亮的光。再说，虽然我珍视我的朋友，我却不能跟他们交谈，研究他们的想象，以免我连自己的也会失去。放弃这种高尚的求索，这种精神的天文学，或者对星球的探索，下来对你表示热烈的同情，真会给我一种天伦之乐；可是，到那时，我清楚地知道我将会永世为我的大神们的消失而哀伤。诚然，下个星期我会情绪低落，到那时，我会潜心于无关的目标；到那时，我会为你心灵里湮没的文学感到懊悔，希望你又在我的身边。然而，如果你来了，也许你只会往我的心灵注满新的想象，不是注入你自己，而是注入你的光辉，跟现在一样，我还是无法跟你交谈。这样，这种暂时的交际就要全靠我的朋友们了。我将从他们那里收到的不是他们的财产，而是他们本身。他们将要给我的正是他们所不能给的，但那是从他们身上发散出来的东西。然而，他们跟我保持的关系在微妙纯洁方面并不逊色。我们相逢时，仿佛我们素昧平生，我们分别时，好像我们从未分别。

一方崇高地坚持一种友谊，另一方不一定步调一致，最近看来似乎是可行的，这是我始料未及的。我为什么要懊恼接受的一方没有度量，从而来自找拖累呢？太阳从来不懊恼它的一些光线普照万方，白白地落入不知感恩的空间，只有一小部分落到能够反光的行星上。让你的伟大来教育那粗鲁、冷漠的友伴吧。如果他难与为匹，他很快就会走开；然而你却被自己的光照扩大了，不再与蛤蟆、虫豸为伴，而与天国的诸神一起翱翔、发光。得不到回报的爱被认为是一种耻辱。然而伟大的人将会看到真正的爱是无法被报答的，真正的爱超越了那不相称的对象，谈论、思索的是永恒，而那可怜的置于其间的面具破碎以后，它并不悲伤，而是感到扔掉了这么多的泥土，感到自己的独立更加可靠。然而，说这样的事就难免带上一种背叛关系的味道。友谊的本质是完整，是一种完全的慷慨和信任。它切不可臆测或供养虚弱。它把自己的对象像神灵一样对待，这样它就把双方都神化了。

谨慎

这个主题诗人都不愿歌唱，
它使老人高兴、青年颓丧，
才华和艺术品自有人喜爱，
你可不能用冷嘲热讽对待。
完美的星球雄伟壮丽，
还得感谢聚合起来的原子。

我有什么权力必须论述我稀缺的谨慎，而且还是消极型的谨慎？我的谨慎表现为躲避和凑合，而不是发明方式方法，不是巧妙地引导，不是耐心地修补。我没有善于花钱的本领，也没有经济的天才，谁见我的花园都说我非得再有一个花园不可。然而，我热爱事实，憎恨圆滑和没有领悟力的人。这样看来，我论述谨慎的资格就跟我论述诗歌和神圣的资格完全相同。我们不仅靠经历来写作，也靠灵感和对抗来写作。我们描绘那些我们并不具备的品质。诗人赞赏精力旺盛、谋略不凡的人，商人培养儿子当牧师或律师，在一个人们不虚荣不自私的地方，你将会根据对他的赞誉发现他没有的东西。况且，如果我不把“爱”和“友谊”这些娓娓动听的字眼与一些粗声浊气的词语加以平衡，再加上我受感官的好处太久，如果不承认这一点，就很难说我是个诚实的人了。

谨慎是感官的优点。它是表面的科学。它是内心生活最外在的活动。它是把思想当作公牛的上帝。它按事物的规律推动事物。它愿意遵照身体条件谋求身体的健康，按照智力法则谋求心灵的健康。

感官的世界是一个展示的世界；它不是为自己而存在的，而是具有一种象征性；而一种真正的谨慎或法则都承认其他法则的共存，并且知道它的职务是下属的；知道它工作的地方是表面，而不是中心。一旦被孤立，谨慎就是虚假的。当它成为实体化了的灵魂的“自然史”时，当它在感觉的小天地里展现了法则的美时，它才是合理的。

对世界知识的掌握分三六九等。对于本体来说，指出三个等级也就足够了。一类人活着是为了象征的效用，把健康和财富尊为终极利益。另一类人的目标比这要高，活着是为了象征的美——诗人、艺术家、博物学家和科学家都在此列。第三类人的志趣又高于象征的美，活着是为了所表示的事物的美，这一类人是智者。第一类人有常识，第二类人有情趣，第三类人有精神领悟力。长期以来，一旦有人跨越了整个等级，看见并尽情欣赏那种象征，然后，他对于象征的美也独具慧眼。最后，当他在自然界的这个神圣的火山岛上搭起帐篷时，却不同意在上面修建房屋和谷仓，因为他尊重他看见的从每个裂缝里迸发出来的光辉。

世界上充满了卑劣的谨慎的种种格言、行为和眼色，这种谨慎热衷于物质，仿佛我们除了味觉、嗅觉、触觉、视觉和听觉，再没有别的官能似的。这种谨慎崇拜比例法，绝不捐助，绝不赠送，很少借贷，对任何事情只抱持一个态度。这是一种疾病，就像皮肤不断变厚那样，直到一个个充满活力的器官都被毁坏。然而，文化由于揭示了表面世界的遥远的起源，旨在达到作为目的的人的完善，所以把别的一切都当作健康和肉体生命而贬为手段。它没把谨慎看作一种单独的能力，而是看成与肉体及其需要交谈的智慧和美德的一种名声。有教养的人总是这样感觉，这样说话，仿佛一大笔财产、一种民间或社会措施的成就、一个伟大的个人影响、一次优美而威严的演说，具有能证明精神力量的价值似的。如果一个人失去了自己的平衡，由于自身的缘故沉溺于任何事业或欢乐，那他可以当一个好的齿轮或螺丝钉，却不是一个有教养的人。

虚假的谨慎，由于把感官当成决定性的，因此只不过是酒鬼和懦夫们的神灵，只不过是一切喜剧的题材。它是大自然的笑料，因而也是文学的笑料。真正的谨慎由于承认一个内在的真正世界，便限制了这种感官至上论。这种承认一旦做出——对于世界的秩序、事物和环境则会出现不同的看法。因为我们的存在，显而易见，在自然界里依附于太阳、盈亏往复的月亮和它们所标志的时令——如此容易受气候和地区的影响，对于社会的善与恶是如此敏感，对辉煌壮丽是如此喜爱，对饥寒、债务是如此担心——所以它从这些书本里把所有的基本教训都学到了。

谨慎并不探索自然，寻根问底。它如实接受世界的种种法则，因为人的存在受它们的制约，并且遵循这些法则，这样它就可以享受到它们固有的利益。它尊重空间和时间、气候、需要、睡眠、极性法则、生长和死亡。太阳和月亮，天上的这两个伟大的循规蹈矩者，在那里旋转，从各个方面赋予人的存在以范围和周期：这里就是顽固的物质，不会背离它的化学程序。这里就是一个有人定居的星球，受自然法则宰割、束缚，在外部又将受到新的束缚转加到年轻人身上。

我们吃地里长的粮食，我们呼吸我们周围流动的空气，我们也受到太冷或太热、大干或太湿的空气的伤害。来的时候显得空荡虚幻、不可分割、十分神圣的时间却被撕得鸡零狗碎，倒腾掉了。门要刷油漆，锁要修理。我需要木头、麦片、油、盐；房子冒烟了，或者我患了头痛；然后要纳税；还有一件事要跟一个没有心肝、没有头脑的人打交道；回忆起一句谗言或一句十分尴尬的话使人痛心——这些都把时光吞噬掉了。做我们力所能及的事吧，夏天就会有苍蝇，如果我们在林中走路，难免要受蚊虫的叮咬；如果我们去钓鱼，就要有溅湿衣服的思想准备。所以气候对无所事事的人来说是个拦路虎；我们常常下决心不再操心天气，可是我们仍然要注意阴天下雨。

我们被这些侵吞岁月的琐碎经历引导着。每年 4 个月的冰天雪地使北温带的居民比享受热带地区四季温煦的他的同类聪明能干。岛上居民整天可以随心所欲地漫游。天一黑，他可以在月光下的一块垫子上睡眠，凡是有野枣椰子树生长的地方，大自然甚至连一句祷告也不要，就已经为他把早餐摆好。北方人身不由己要死守在家里。他必须酿呀，烤呀，腌呀，贮存食物，堆积柴禾和煤炭。然而，巧就巧在：哪怕举手之劳，也要跟大自然产生某种新的认识；而且由于大自然神通无边，这种气候条件下的居民已经大大地胜过南方人。这一类事情的价值是如此之大，以至于一个了解别的事情的人对这一类事总是不甚了了。让他具有精确的知觉吧。如果他有手，就让他动手做事吧；如果他有眼睛，就让他测量辨别吧；让他把化学、自然史和经济学的每一件事实都接受、贮存下来吧；他拥有的越多，他愿意破费的就越少。时间总是带来一些揭示它们的价值的机会。某些智慧来自每一种非常自然和单纯的行动。热衷于家务的人爱音乐不如爱厨房里的那只钟，不如爱木头在壁炉里燃烧时对他唱的歌，他的欣慰是别人做梦也想不到的。为达到种种目的而采取的种种手段保证了胜利和胜利之歌，在农场和店铺里并不比在政党或战争的策略中表现得逊色。节俭的管家在小棚里捆柴禾、在地窖里藏水果时发现的方法跟伊比利亚半岛战役和国务院档案中发现的一样有效。在下雨天，他造一个工作台，或者把他的工具箱摆到谷仓的角落里，里面装着钉子、手钻、钳子、改锥、凿子。在这里他尝到了一种昔日青年时代和童年时代的欢乐，尝到了像猫一样对阁楼、橱柜、谷房的喜爱，尝到了对长期管家的诸多便利的暗暗的喜爱。他的花园或鸡鸭场会告诉他许多逸闻趣事。在这个美好的世界的每一个角落，都有这种欢乐的蜜糖源源流淌，人们可以从中发现赞成乐观主义的理由。让一个人遵守法则——任何法则——他就会一路顺风。在我们的欢乐中，质的区别比量的区别更多。

另一方面，大自然惩罚任何忽视谨慎的做法。如果你认为感官是决定性的，那就服从它们的法则好了。如果你相信灵魂，当满足感官的甜蜜在因果的迟缓树上尚未成熟时，就别抓它。跟知觉不准确、不完善的人打交道就等于往眼睛里滴醋。据记载，约翰生博士说过这样的话："如果那个孩子说他从这个窗户向外看过，假使他从那个窗户向外看过，就用鞭子抽他。"我们的美国特性表现为对准确的知觉不是一般的喜欢，“不错。”这句俗话非常风行，可为佐证。然而，对于不守时，对于事实的思想混乱，对于明天的需要漠不关心所表现出的不安并不是全国性的。时空的美好法则，一旦被我们的拙劣弄错了位，就成了一个个窟窿。如果蜂房被莽撞、蠢笨的手一捅，它给我们的就不是蜂蜜，而是蜜蜂。我们的语言和行动要想合理，就必须适时。6月清晨磨镰刀是一种悦耳动听的声音；然而，如果时间太晚，到了翻晒干草的季节，还有什么比磨石或割草机的声音更凄惨的呢？性情懒散的人和“晌午客”糟蹋的远远不仅是他们自己的事务，因为他们损害了与他们打交道的人的性情。我看到过一句对某些绘画的批评，当我看见那些对自己的感官都不忠实的得过且过、闷闷不乐的人时，我就想起了那句评语。最后一代魏玛大公是一个理解力高超的人，他说：“有时候我望着一些伟大的艺术品说，尤其刚才在德累斯顿说，有一种特性在多大程度上取得了把像画得栩栩如生，又把一种不可抗拒的真赋予生命的效果。这种特性就是在我们画的所有的像里都要击中的重心。我的意思是，让那些人物脚踏实地地站着，让手握得紧紧的，眼睛死死地盯着它们应当看的地方。即便是器皿和凳子之类的非生物画像——也要把它画得正确无误——一旦它们缺乏对重心的依赖，一切效果便荡然无存，就有了一种浮动和摇摆的样子。在德累斯顿美术馆里的拉斐尔（我见到的唯一的一幅效果惊人的画）是一幅你能想象到的最宁静、最恬淡的作品；一对膜拜圣母、圣子的圣徒。然而，它给人的印象比十个钉到十字架上的殉道者的歪曲形象还深刻。因为，除了那不可抵抗的形象美，它还在最大程度上具有了所有人物都垂直的这一特性。”我们在人生的画面上需要的正是这种垂直。让他们脚踏实地地站着，不要漂浮和摇摆。让我知道在哪儿能找到他们。让他们分清他们记忆中的东西和他们梦想过的东西，要名副其实、实事求是，给他们自己的感官赋予信赖的荣光。

然而，什么人竟敢指责别人不谨慎？谁又算谨慎呢？我们所谓的最伟大的人物在这个王国里是最渺小的。在我们跟自然界的关系中有一种致命的脱节，它扭曲了我们的生活方式，使每一种法则都与我们为敌，这样一来，它似乎终于唤起了世界上所有的智慧和德行去思考“改革”的问题。我们必须请教最高的谨慎，问问为什么健康、美和天才现在应当是人性的例外，反而不是人性的常规？通过赞同一致，我们并不能知道动植物的种种特性，知道大自然的种种法则。然而，这依然是诗人的梦想。诗歌和谨慎应当是一致的。诗人应当是法则制定者；也就是说，最大胆的抒情灵感不应当责骂侮辱，而应当宣布引导民法典和日常工作。然而，现在这两样东西似乎势不两立，分道扬镳了。我们违反了一个又一个的法则，到了最后，我们伫立在废墟中间，偶然间，我们窥见理性和现象之间的一种巧合时，反而大吃一惊。美就像感情一样，应当永远是每个男女的天赋；然而实际上却难得一见。健康或者健全的肌体应当是普遍的。天才应当是天才的孩子，每一个孩子都应当富有灵感；可是现在它从哪个孩子身上都看不到，它在哪里都不纯正。出于礼貌，我们把半吊子的庸才叫作天才；把将自己转变成金钱的才能叫作天才；把今天闪闪发光，以便明天就可以吃好、睡好的才能也叫天才；况且指挥社会的是能人（这名称真是恰如其分），而不是神人。这些人运用他们的才华去优化奢华，而不是去废除它。天才总是苦行者；虔诚和爱也是如此。欲念对更优秀的灵魂们来说仿佛就是一种疾病，而他们在抵制欲念的仪式和境界里发现了美。

我们找到了一些美名用来掩盖我们的感官嗜欲，然而才华却不会引起纵酒。有才气的人喜欢把他对感官法则的种种违犯叫做区区小事，认为如果跟他献身艺术一起加以考虑，这种事就不值一提。他的艺术从来没有教给他淫荡，没有教给他嗜酒，也没有教给他妄想在不播种的地方去收获。他的艺术由于他的神性的缩减而衰微，由于常识的缺陷而逊色。他瞧不起这个世界，正如他所说，这个被小瞧了的世界就要向他报复。谁轻视区区小事，谁就会一点一点地消亡。歌德的塔索很可能成为一幅绝妙的历史画像，而且是真正的悲剧。我觉得一个暴虐的理查三世压迫、屠杀十几个无辜的人还不如安东尼奥和塔索互相冤枉那么真正令人悲哀，因为他俩表面上都是对的。一个按处世准则生活，而且一贯信守不渝，另一个却洋溢着所有的圣洁的感情，又抓住种种感官快乐不放，但不顺从它们的法则。那是一种我们大家感觉到的悲哀，一个我们无法解开的疙瘩。塔索绝不是现代传记里罕见的例子。一个天才，一个热情洋溢的人，不顾自然法则，放纵自己，很快就变得时运不济、牢骚满腹，成了一个“不自在的远亲”，对自己对别人都成了一个刺儿头。

学者由于过双重生活使我们蒙受耻辱。某种高于谨慎的东西活跃的时候，他令人敬仰；在需要常识的时候，他则成了一个累赘。昨天，恺撒没有这么伟大；今天，绞架下的犯人也不会更加可悲。昨天，闪烁着一种理想世界的光辉，他生活在这个世界里，是人中魁首；现在，贫病交迫，那只有自作自受。他就像旅行者所描述的那些常去君士坦丁堡集市的可怜虫，整天鬼鬼祟祟，面黄肌瘦，衣敝屣陋，偷偷摸摸；晚上趁集市还开着的时候就溜到鸦片铺里，吞上几口，就变成安静、光荣的先知了。谁没有看见过不慎的天才的悲剧，他跟琐屑的拮据苦斗多年，终于潦倒心寒，筋疲力尽，毫无成果，像一个被针扎死的巨人？

一个人应当把这一类最初的痛苦和屈辱——大自然把这些送给他时毫不拖沓——作为这样的暗示接受下来：他除了自己劳动和自我牺牲所得的正当果实，切不可期望别的好处，这样做岂不是更好吗？健康、面包、气候、社会地位，自有它们的重要性，他会公平对待它们的。让他把大自然看成一名终身顾问，把她的完美视为衡量我们的偏差的精确尺度。让他把黑夜当黑夜，把白昼当白昼。让他控制消费习惯。让他明白在个人经济上用的智慧跟在一个帝国上用的一样多，从中汲取的智慧也一样多。世界的法则就写在他手里拿的每一块钱上。即便它只是“穷理查”的智慧；或者按英亩买进，再按英尺卖出的市井的谨慎；或者农民间或插上一棵树，好趁他睡觉时生长这样的节俭；或者表现为节约一点工具的挥动、节约一点时间的花费、节约一点库存的使用、节约一点小小的收获那样的谨慎，他知道了对他也不会有什么害处。谨慎的眼睛永远不会闭上。铁如果存放在五金店里，就会生锈；啤酒如果酿造时环境不适当，就会变酸；船舶上的木头在海上不会腐烂，如果搁置在又高又干的地方，它就会收缩，变形，干朽；钱，如果我们保存着，绝对产生不了纯利，还容易丢失；如果投了资，就容易造成某种股票的下跌。铁匠说，铁越打越好；晒干草的人说，让草耙尽可能接近镰刀，让马车尽可能接近草耙。我们北方人做买卖就因这种极端的谨慎而闻名。买卖赚钱——好钱、坏钱、干净钱、破烂钱——并保全自己，靠的就是它倒钱的速度。铁不会生锈，啤酒不会变酸，木头不会腐烂，印花布不会过时，股票不会下跌，就因为北方人让它们尽快脱手。滑过薄冰时，我们安全与否全看我们的速度了。

让一个人学会一种格调更高的谨慎。让他知道，自然界中每件事物，哪怕尘埃或羽毛，也是按法则而不是靠运气运动的；让他知道种瓜得瓜、种豆得豆的道理。依靠勤奋克己，让他掌握他吃的面包，这样一来，他就不会跟别人把关系搞僵，搞假；因为财富的最大好处就是自由。

让他先搞这样一些小恩小惠吧。在等待中失去了多少人生啊！让他不要使他的同类等待。会话当中的承诺有多少空话，多少诺言！让他的谈话都是命运攸关的话。当他看见一片折好、封好的纸头放在一条松木船里周游世界，在这熙熙攘攘的人群中居然安全地映入应当读上面所写的内容的那个人的眼帘时，让他同样感到那种告诫：要越过这一切分散的力量，保持他的存在的完整，要在任意驱使他们的狂风暴雨、种种距离和事实中保持一句微弱的人话，并且通过持之以恒，使一个人的微小的力量在多少年月以后的最遥远的地带再次出现，履行它的誓言。

我们切不可眼睛只盯着某一种德行，就企图写它的法则。人性不喜欢矛盾，而是匀称的。不能由一伙人来研究一种保证外部安宁的谨慎，而由另一伙人来研究英雄主义和圣洁性，因为它们是协调一致的。谨慎牵涉到目前的时间、人、财产和存在形式。然而，因为每一种事实的根子都扎在灵魂里，而且一旦灵魂被改变，事实就不复存在，或者就会变成某种别的东西，所以对外部事物的妥善管理，将永远依赖对它们的缘由的正确理解，换言之，善良人一定是聪明人，一定是忠贞不二的人，深谋远虑的人。对真理的每一种违背不仅对说谎者来讲无异于一种自杀，而且等于对健康的人类社会捅了一刀。对于最有利可图的谎言，事物的进程立即会施加一种毁灭性的压力；而坦率则吸引坦率，把双方置于一种方便的立足点上，把他们的商务变成一种友谊。信任人，人就对你坦诚；高尚地对待他们，他们就会表现得高尚，不过他们对他们的所有贸易法规做出了一种有利于你的例外。

所以，对于不愉快的和难对付的事，谨慎并不是回避，并不是逃跑，而是勇气。谁想宁静地在人生的康庄大道上漫步，谁就必须打起精神，做出决定。让他面对他最害怕的事物，他的坚定通常就会使他的恐惧显得毫无根据。有一句拉丁谚语说得好，“在战场上，首先被击败的是眼睛。”如果你能泰然自若，一场战争对于生命不见得会比一场击剑或足球比赛更危险。士兵们举出这样的例子：谁看见被对准的那门大炮和射向它的炮火，谁就已经避开了炮弹的射界。对暴风雨感到恐惧的主要是客厅和船舱里的人。牲口贩子、水手，整天与它搏斗，他们的脉搏在雨雪交作中，在六月的阳光下都一样有劲，随着脉搏有力地跳动，健康就自行恢复了。

不愉快的事情在邻居当中一发生，恐惧便立即袭上心头，而且把对方的威力加以夸大；不过恐惧却是一名糟糕的顾问。每个人都是外强中干。他本人觉得软弱；别人看上去则凶狠。你害怕“狰狞”；“狰狞”也害怕你。你渴望最卑鄙的人的善意，对他的恶意则惴惴不安。然而，就是破坏你和你的邻居安宁的亡命之徒，如果你全然不顾他的要求，他也就软弱、胆怯得什么似的；社会的安宁之所以能常常维持下来，就像孩子们说的那样，因为一个害怕，另一个不敢。远远望去，人们八面威风，横行霸道，不可一世；如果跟他们一交手，他们一个个都成了孱头。

俗话说，“礼貌不花钱”。然而，盘算也许会看重爱的好处。据说爱是盲目的；然而仁慈对知觉却是必要的；爱不是一块头巾，而是一滴眼药水，如果你遇到一个宗派主义分子，或者一个反对党人，千万不要承认那些分界线；而是在仅存的一点共同点上接触——只要太阳还为双方照耀，天还为双方下雨；那块地方将会很快扩大，在不知不觉之中，那些目光死死盯着的界碑已经化为烟云了。如果他们打算抗争，那圣保罗也会撒谎，圣约翰也会恨人了。一场宗教辩论会使纯洁优秀的灵魂变成多么下流、可怜、渺小、伪善的人啊！他们将会闪烁其词，自鸣得意，拐弯抹角，躲躲藏藏，假装在这里忏悔，只是为了他们可以在那里吹嘘、取胜，哪一方在思想上都没有取得一点丰冒，在勇敢、谦虚，或希望上没有造成一点进步。所以你们双方都不应当放纵丝毫的敌意和怨恨去跟同时代人虚与委蛇。虽然你的观点跟他们的针锋相对，还是装的意气相投，假设你在说大家的想法，并在机智和爱的激流中把你的悖论滚成结实的圆柱，不露一点怀疑的破绽。这样你至少会得到一种充分的解脱。灵魂的自然动作远远胜过蓄意的动作，所以在争论中，你永远不能充分发挥自己的能力。思想不能得到正确的把握，也不能把自己表现得比例适当、方向对头，只是做了一种被迫的、沙哑的、半拉子的证。然而如果假装赞同，从此以后它就立即会真正地得到承认，而且尽管人们表面上千差万别，所有的人骨子里都是一心一意的。

智慧绝不会让我们跟任何一个人或一群人保持一种不友好的关系。我们拒绝对人表示同情和亲切，仿佛我们在等待着某种更好的同情和亲切到来似的。然而从何而来？何时才来？明天将会跟今天一样。我们正准备着生活，生命却在蹉跎。我们的朋友和同事相继死去，离开了我们。我们很难说我们看见新的男男女女向着我们走来。我们太老，再也不关心时尚，我们太老，再也不指望任何更伟大有力的人物的帮助。让我们吮吸我们跟前的爱恋和惯例的甜蜜，这些旧鞋穿在脚上非常舒服。毫无疑问，我们可以轻而易举地挑出我们伙伴的毛病，可以轻而易举把一切名字念得更高贵，这就更加使人异想天开。每个人的想象都有它自己的朋友；有了那样的朋友，生命会显得更加可贵。然而，如果你不能跟他们和睦相处，你就不能有这些朋友。如果不是上帝，而是我们的野心在开创、形成这些新的关系，他们的德行就逃之夭夭，如同草莓在花坛里就丧失了它们的香味一样。

这样一来，真诚、坦率、勇气、爱、谦恭和所有的德行排列在谨慎一边，或者都是保护一种当前的幸福的艺术。我不知道，是否所有的物质最终都会被发现是由氧或氢那样的一种元素构成的。然而这些礼仪和行为的世界是用一种材料制成的，在我们愿意的地方开始，我们确信过不了多久，我们就会念起我们的十戒。

英雄主义

天堂就在剑影下。

——穆罕默德

红酒都被恶棍喝光，
蜜糖用来把奴隶养胖，
玫瑰和藤叶装饰小丑；
雷云仅仅是天神的彩绣，
常常垂挂在恐怖的花环里，
电光围绕着他的头颅集结；
英雄不是靠糖果喂养，
他每天吞食着自己的心脏；
伟人的卧室就是狱牢铁栏，
顶头风正吹最上桅的船帆。

在从前的英国戏剧家的作品中，主要在波蒙和弗莱契的剧作里，有一种对高雅的坚定赞誉，仿佛一种高尚的行为在他们那个时代的社会里就像今天美国人口中的肤色那样醒目。如果哪一个洛德里科、彼德罗或瓦莱里奥入场，虽然他是个陌生人，公爵或总督也要为之惊呼：这是一位绅士——并且表现出无限的崇敬；相比之下，其余的就都是渣滓了。与这种对人品的喜欢相呼应，在他们的戏剧中有一种英雄的性格和对话——如《邦杜加》《索福克勒斯》《疯狂的恋人》《重婚》等剧中的情况就是这样——在这些戏剧中，说话者是那样认真亲切，又完全根据人物性格，所以对话，即便谈的是情节中最微不足道的细枝末节，也都自然而然地升华为诗。在洋洋洒洒的戏文中，姑且举下面一段为例。罗马人马蒂乌斯征服了雅典——征服了一切，就是没有征服雅典公爵索福克勒斯和他的妻子朵丽根的不可战胜的精神。后者的美燃起了马蒂乌斯一腔烈火，他便设法拯救她的丈夫。尽管索福克勒斯得到保证，只说一句话就可以免他一死，可是他不肯苟全性命，于是两人要被双双处决。

瓦莱里乌斯：向你的妻子告别吧。
索：不，我不想告别。我的朵丽根，
那边，上面，阿里阿德涅的王冠周围，
我的幽魂将为你盘旋。请你快些。
朵：别动，索福克勒斯——用这个蒙住我的视线；
不要让温柔的天性有丝毫改变，
失去她那女性的博爱仁慈，
使我看着夫君热血横流。这就对了；
在我的索福克勒斯面前，天底下
再没有一件东西我愿意看见：
永别了；现在教罗马人怎样去死。
马：你知不知道什么是死？
索：你不知道，马蒂乌斯，

因此也不知道什么是活；死
就是开始活。它就是结束
一件陈旧劳累的工作，去开始
一种更新更好的事业。它就是离开
骗子恶棍，奔赴一个神灵和善良
组成的社会。你自己最终会失去
你的一切花环、欢乐和胜利，
证明你的刚勇将会干什么。
瓦：难道这样丧生不悲哀也不苦恼？
索：把我送到我最爱戴的人那儿去。
我为什么应当悲哀，应当苦恼？
现在我要跪下，只是背对着你；
这是这个皮囊对众神能尽的最后职责。
马：罢，罢。瓦莱里乌斯，
否则马蒂乌斯的心就会跳出他的嘴，
好一个堂堂的男子，不凡的女子！吻你们的主吧，
像往常一样自由自在地生活去吧。
爱啊！你用善与美加倍地折磨我。
背信弃义的心啊，你还没有
解开这个虔诚的疙瘩，我的手
就要把你投入我的骨灰瓮。

瓦：什么事使我的兄弟苦恼？
索：马蒂乌斯啊，马蒂乌斯，
现在你发现了一个战胜我的方法。
朵：罗马之星啊！什么样的感激能说出
合适的话去遵循这样的行动？
马：瓦莱里乌斯，这位可敬的公爵，
由于蔑视命运，蔑视死亡，
虽然身为阶下囚，反而囚禁了我，
虽然我的臂膀抓获了他的肉体；
他的灵魂却征服了我的灵魂。
天哪，我想他整个儿都是灵魂；
他没有肉，精神却是锁不住的；
所以我们什么也没有征服；他自由了，
而马蒂乌斯现在却走进了囚牢。

我一时记不起最近几年刊行的什么诗歌、戏剧、布道文、小说或演说具有这种格调。我们只听得长笛和哨笛声不绝如缕，却难得听见激越的横笛声。然而，华兹华斯的《劳达米亚》《狄翁颂》和一些十四行诗还属于高尚的音乐；司各特有时会大笔一挥，画出以伯里的贝尔福为原型的伊凡代尔勋爵那样的肖像。托马斯·卡莱尔天生就喜欢雄健勇敢的性格，因此绝不让他所喜爱的人物的英雄性格从他的传记和历史画像中漏掉。再早一些，罗伯特·彭斯已经给了我们一两首歌。在《哈里安杂集》中，有一篇对吕岑战斗的描述，很值得一读。西蒙·奥克利的《撒拉逊人史》以十分赞赏的语气记述了个人英勇的种种壮举，叙述者的敬仰之情更是溢于言表，他似乎认为他在基督教的牛津大学所处的地位需要他对不得人心的东西做一些适当的抗议。然而，如果我们探索一下英雄主义的文学，我们就会很快想到普鲁塔克，他是英雄主义的学者和史家。亏得他，我们才有《布拉西达斯传》《狄翁传》《伊巴密浓达传》《大西庇阿传》，我必须认为：我们从他那里所受的益比从所有的古典作家那里所受的都多。他的每一篇传记都是对我们的宗教和政治理论家的委靡和怯懦的驳斥。一种骁勇，一种不带门户之见的有血性的斯多葛主义，在每一件逸事中都放射出光芒，而且使该书万古流芳。

比起政治学书籍、私人经济书籍，我们更需要关于这种尖刻的起导泻作用的美德的书籍。只有对智者，人生才是一件喜事。从谨慎的角落和炉边望去，它显得褴褛而危险。我们的先辈和同时代人违反了自然法则，我们因此要代人受过。我们周围的疾病和伤残证明了对自然法则、思想法则、道德法则的违犯，而且往往一犯再犯，滋生出那种复合的灾难。牙关紧闭症使一个人的头向后弯到脚踵上，狂犬病使他向老婆孩子狂叫，精神错乱叫他吃草；战争、瘟疫、霍乱、饥荒，显示了自然的一种残忍。它由人的罪恶引进来，同样也必须由人的灾难排出去。不幸的是，没有在某种程度上亲自参与罪恶，因此应该与他人共同赎罪的人并不存在。

因而，我们的文化切不可忽视对人的武装。让他及时听到：他是战乱中出生的，全体国民和他自己的福利要求他不要到和平的草地上去跳舞，而应当胸有成竹、泰然自若，既不蔑视，也不害怕雷霆，让他把声誉和生命都掌握在自己的手里，敢于温文尔雅地以绝对真诚的交谈和正直的行为面对绞架和暴民。

对于这一切外在的恶，人在内心深处采取了一种好战的态度，并且证实了他单枪匹马对付百万敌军的能力。灵魂的这种好战态度我们称之为“英雄主义”。它最原始的形式就是藐视安逸，这就构成了战争的魅力。它是一种轻视谨慎约束的自信，自信有充足的能力弥补它可能蒙受的损害。英雄就是那样的一种平衡的心灵，任何骚扰都动摇不了他的意志，可以说只是欢天喜地地在自己的乐曲声中前进，在惊恐万状的情况下和普天狂欢的环境里都是一样。英雄主义有一种不可理喻的东西；有一种并不神圣的东西；它似乎并不知道别的灵魂跟它气质相同；它骄傲；它的个性极强。尽管如此，我们必须把它奉若神明。在伟大的行动中，有一些不允许我们寻根究底的东西。英雄主义只能感受，却绝不论理，因而它总是正确的；虽然一种不同的教养、不同的宗教和一种更大的智力活动本会更改，甚至逆转特定的行动，然而对英雄来说，他的所作所为就是至高无上的行动，它不允许哲学家和神学家加以非难。英雄主义是未受过教化的人的声明，他说他在自己身上发现了一种品质：它对消费，对健康，对生命，对危险，对仇恨，对非难都置之度外，只知道他的意志比一切实际存在的和可能存在的对手更高尚，更卓越。

英雄主义和人类的声音相矛盾，一度也和伟大善良的人们的声音相抵触。英雄主义就是对一种个性的秘密冲动的服从。他的智慧，别人看到的跟他看来的绝不相同，因为每一个人在自己的道路上总应当比别人看得远一些。因此正直聪明的人对他的行为非常气愤，过了一段时间，他们才看见他的行为跟他们的如出一辙。所有谨慎的人都看到：行动和一种感觉的成功完全相反；因为每一种英雄行为衡量自己的标准就是它对某种外在的善的藐视。然而它最终找到了自己的成功，到那时，谨慎的人们也啧啧称羡了。

自信是英雄主义的精髓。它是灵魂交战时的状态，它的终极目标就是极大地蔑视虚伪和邪恶，有能力承受恶势力所施加的一切灾难。它说真话，它公正、慷慨、好客、温和，瞧不起斤斤计较，也瞧不起被人瞧不起。它锲而不舍，它无所畏惧，它不屈不挠。它揶揄的是日常生活的渺小。它讥笑那种迷恋健康和财富的假谨慎。英雄主义，就像普罗提诺一样，几乎对自己的肉体也感到羞愧。蛋蛋糖，翻绞绞，梳妆打扮，问候恭维，拌嘴打牌，牛奶蛋糊，这一切都绞尽了全社会的脑汁，英雄主义对这些有何置评呢？仁慈的大自然给我们这些可爱的生物提供了多大的欢乐啊！伟大与卑贱之间似乎没有间隔。精神如果不是世界的主人，就成了它的愚异之物。然而小人物天真无邪，受大人物的戏弄，一头栽进去，还信以为真，生下时红扑扑，死去时灰沉沉，又要精心打扮，又要注意健康，又要沽取玉食醇酒，还要一心扑到一匹马和一杆枪上，叫人灌上几口迷魂汤或者戴上两顶高帽子就沾沾自喜，所以对那样一本正经的胡闹，伟大的灵魂不禁要哑然失笑。“这种卑贱的思想，真的已经使我厌倦于我的高贵地位了。要记住你有几双丝袜：一双是你现在穿的，还有一双本来是桃红色的；或者你有几件衬衫，哪一件是穿着出风头的，哪一件是家常穿的。这对于我是多么丢脸的事啊！”

老百姓由于按照算术法则思考问题，因此就考虑在自己炉边接待生人的诸多不便，仔细估算浪费的时间和这样大肆摆阔所造成的损失。品质较好的灵魂把不合时宜的精打细算塞回人生的地窖里，说道：我愿服从上帝，以及他愿意提供的牺牲和炉火。阿拉伯地理学家伊本·豪克尔这样描述布海里耶的粟特人极端好客的一种豪举："在粟特时，我看见了一个大建筑物，仿佛是一座宫殿，几个大门敞开着，门扇拉到后面用大钉子钉在墙上。我问这样做是为什么，人们说，这座房子昼夜不关门，已经有100年了。陌生人随时可以光临，人数不限；主人准备了丰盛的食物专门款待来客和他们的牲口。如果他们逗留一段时间，主人就再高兴不过了。我在任何别的地方都没有见到过这种情况。"慷慨大度的人清楚地知道：谁给陌生人以时间，以金钱，以住房——这样做是为了爱，不是为了炫耀——谁就在某种程度上使上帝欠了他们的情，因为宇宙的补偿是不折不扣的。他们似乎失去的时间又以某种方式赎回来了。他们似乎付出的辛苦也以某种方式得到了报偿。这些人煽起了人类爱的火焰，在人类中间提高公德的标准。然而好客必须是为了效劳，而不是为了装点门面，否则它就拆了主人的台。勇敢的灵魂把自己估价太高，因此就不必借助锦衣玉食、灯红酒绿来抬高自己了。它给了它所拥有的东西，它所拥有的一切，然而它自己的威严给粗茶淡饭增光添彩，使城市盛宴也黯然失色。

英雄的节制出自同一愿望，即不给他的光辉形象抹黑。然而他所爱的是节制的风雅，不是它的严厉。故作严肃，含着苦涩之情斥责吃肉、喝酒、抽烟、吸食鸦片、饮茶、着丝、戴金，似乎并不值得。伟人似乎不大了解怎么吃饭穿衣；然而由于不受拘束，不循规蹈矩，他的生活是自然的，富有诗意的。印第安传教士约翰·艾略特喝的是水，关于酒他是这样说的："那是一种质量高超、气味浓郁的酒，我们应当虚心地感谢它，不过我记得，先有水，然后才有酒。"大卫王的节制更胜一筹，他把3名勇士冒着生命危险送来让他喝的水倒在地上祭祀了上帝。

传说布鲁图在腓利比战役后拔剑自刎时引用了欧里庇得斯的一句诗："美德呀，我终生都追随着你，最后我才发现你只不过是一个影子。"我并不认为这句话辱没了那位英雄。英雄的灵魂并没有出卖它的正义和高尚。它不要求吃得好，睡得暖。伟大的本质就在于觉察到德行，这就足够了。贫困是它的装饰品。它不需要充足，却能很好地容忍自己的损失。

然而，在英雄阶层中，最叫我喜爱的还是他们表现出的愉快和狂欢。受苦受难和庄严地挑战，那是一种普通职责完全可以达到的高度。然而这些罕见的灵魂把见解、成功、生命看得那样不值钱，所以它们不愿意祈求，或表示悲伤，以此来抚慰他们的敌人，而是表现出他们惯有的伟大。西庇阿被指控侵吞公款，他拒绝蒙受这奇耻大辱，去等待辩护，虽然他手里拿着账，却在护民官面前把它撕得粉碎。苏格拉底判罚自己终生在普吕坦内安享受一切礼遇。而托马斯·莫尔爵士则在绞刑架下谈笑风生，这都具有同一种情调。在波蒙和弗莱契的《海上旅程》中，朱莱塔对那勇敢的船长和他的同伴说：

> 朱：哎，奴隶们，我们有权绞死你们。
>
> 船长：很有可能，
>
> 不过我们有权被绞死，也有权藐视你们。

真是回答得滴水不漏。戏谑是健全的体魄的花朵和光辉。伟人不愿意屈尊去认真对待任何东西；一切必须像一只金丝雀的歌声一样欢快，虽然千百年来建设城市，或者清除古老愚蠢的教堂和国家一直给大地造成累赘。单纯的心把这个世界的一切历史和习俗抛在身后，全然不顾世界上的清规戒律，一心玩他们自己的游戏；这种情况是会出现的，如果我们在幻想中能看见人类集合起来，像小孩子那样尽情嬉戏的话；不过在全人类的心目中，他们穿着一件功绩和影响的威严、庄重的服装。

这些精彩的故事给我们的兴趣，一部传奇对于在学校里双手把那本禁书捧在课桌下面偷看的男孩子的魅力，我们对英雄的喜爱，就是正对我们脾胃的主要事实。这一切伟大而超绝的特性都是我们的。如果我们在观察希腊活力、罗马自豪时感到一种恢弘之气，那是因为我们已经在培育同一种情操。让我们在我们小小的住宅里为这位伟大的客人找个房间吧。赢得敬重的第一步将是解除我们对地方和时代，对数量和大小的迷信。为什么雅典人、罗马人、亚细亚、英格兰这些词总在耳际回响？心在哪里，缪斯就在哪里，诸神就在哪里逗留，并不在于什么名乡胜地。马萨诸塞州，康涅狄格河，波士顿湾，你认为是卑末之地，外国和古典地理志上的名字更加悦耳动听。然而我们就在这里；如果我们愿意逗留片刻，我们就会知道这里就是最好的地方。只要你愿意待在这里——那么艺术和自然、希望和命运、朋友、天使以及上帝，绝不会离开你坐的房间。伊巴密浓达勇敢而多情，在我们看来似乎并不需要死在奥林帕斯山上，也不需要叙利亚的阳光。他就安安稳稳地躺在他所在的地方。泽西就是块美丽的地方，完全适宜于华盛顿迈步，伦敦的街道也适宜于弥尔顿落脚。伟人使自己的气候在人们的想象里显得宜人，使空气成为一切娇嫩的精神所喜爱的元素。哪里有最高尚的心灵居住，哪里就是仙境。在阅读伯里克利、色诺芬、哥伦布、拜亚尔、锡德尼、汉普登的事迹时，脑海里就充满了一幅幅画面，这些画面教导我们：我们的生命是多么卑微，只有借助于我们生活的深度，我们才应当用胜过王室或国家的光彩来装饰它，我们终生都应当按照使人和自然感兴趣的原则来行动。

我们已经看见或听到许多卓越不凡的青年，他们从来都不成熟，或者他们在现实生活中的表现并不是卓尔不群的。当我们看见他们的风度仪态，当我们听到他们议论社会、评论书籍、谈论宗教时，我们对他们的高明敬仰不已，他们似乎对我们全部的政治形态和社会状况都嗤之以鼻；他们的语气是一个被派来发动革命的青年巨人的语气。然而他们却开始从事一种活跃的职业，于是，那正在成形的巨人便缩成常人的个头。他们过去使用的魔法是一些理想的倾向，这些倾向总使实际倾向显得荒唐可笑，然而他们一把他们太阳似的骏马驾到犁沟里犁地，那粗鲁的世界就报复了。他们找不到榜样，找不到同伴，便心怯了。那是怎么回事呢？他们在最初的渴望中提出的教训还是真实的；一种更大的勇气和更纯的真理总有一天会构成他们的信仰。否则为什么一个妇女要把自己比作任何一个历史名媛，并且认为：萨福、塞维尼夫人、史达尔夫人，或富于天才和教养的隐居的灵魂们，都没有满足想象和性情宁静的正义女神忒弥斯，那就没有人能满足了——当然她也不能。为什么不能呢？因为她有一种新的未经尝试的问题需要解决，也许是最快乐的天性所具有的问题。让那带着高昂的灵魂的少女宁静地走她的路，接受每一个新的经历的暗示，轮流求索吸引她注目的一切事物，这样她就可以了解她的新生所存在的魅力，那就等于在幽深地带照进了一线新的曙光。那姣美的女郎果断、高傲地选择影响，从而排除了干扰，她对讨好置之不理，又任性，又高尚，用她自己的高尚品质激励每一个看见她的人。默默无言的心在鼓舞着她：朋友啊，千万不要见了恐惧就投降！乘风破浪进港吧，要不就跟上帝一起扬帆航海。这样，你就不会白活一场，因为每一个人匆匆一瞥这种景象就会为之欣喜，顿时变得高雅起来。

英雄主义的特征就是锲而不舍。人人都会心血来潮，慷慨一阵子。然而当你选好了你的角色，那就承担它的后果，不要打算当个软骨头与世无争。英雄不会是平庸之辈，平庸之辈当不了英雄。然而我们在一些行为中有期望人们同情的弱点，这些行为的优点就是它们超越了同情，求助于一种迟缓的正义。如果你愿意替你的兄弟效劳，因为你适合为他效劳，那么，当你发现谨慎的人不赞扬你时，不要收回你的承诺。坚持你的行动，如果你干了什么奇怪、越轨的事情，打破了一个循规蹈矩的时代的单调，要表示庆幸。我曾经听到有人对一个年轻人说过这样一句高明的规劝："永远做你害怕做的事。"一个单纯、刚毅的性格永远不需要道歉，而应当以福西翁那样的冷静对待他过去的行动，福西翁承认战事是快乐的，然而并不后悔他劝阻过战斗。

在思想中没有我们无法安慰的弱点——这是我的性格的一部分，是我跟我的同类的关系和职责的一部分。难道自然跟我立约：我应当永远一帆风顺，永远不出洋相？让我们不仅对我们的金钱慷慨，对我们的尊严也要慷慨。伟大永远乐于接受意见。我们讲我们的慈善，不是因为我想为此而受到赞扬，不是因为我们认为它具有伟大的功绩，而是为了证明我们的行为正当。如果另外一个人宣扬他的慈善，你就会发现，那是一个极大的错误。

老实说，甚至相当严肃地说，过一种严格有节制的生活，或者极端慷慨的生活，似乎是一种普通的和善性情要派给那些安逸富足之辈的苦行主义，以表示他们感到跟千千万万的受苦受难者有一种兄弟之情。我们不仅需要承担禁欲、债务、孤独、不受欢迎等造成的不良后果，从而锻炼灵魂，而且聪明人也应当以大胆的目光窥探有时侵害人们的更罕见的危险，也应当使自己熟悉形形色色讨厌的不安，熟悉咒骂的声音和横死的景象。

英雄主义的时代一般是恐怖的时代，然而这种要素可能不起作用的日子永远也不会出现。我们说，人的处境此时此地也许比以往任何时候更能使英雄有用武之地。文化方面有了更多的自由。现在越出舆论的常轨一步，并不会有刀斧之祸。然而英雄志士在初试锋芒时总会发现危机重重。人类的美德需要她的斗士和殉道者，迫害的磨炼总是在继续进行。勇敢的洛夫乔伊为了言论自由的权利以胸膛抵挡暴徒的子弹，在最好不要活下去的时候死去，这仅仅是不久以前的事。

我认为一个人能走的康庄大道莫不是受他自己心声的指引。让他放弃过多的联系，让他经常回家，在他所赞同的进程中站稳脚跟。在默默无闻的职责中不断保持单纯、高尚的情操，这样做正在把性格锻炼成这样一种气质：如有必要，它愿意在骚乱中或绞架上光荣地死去。人们遭受过的暴行也许会再次降临到一个人头上；而且，如果出现任何宗教堕落的迹象，在一个共和国也非常容易。肆意诽谤、火刑、私刑、绞刑，青年人很容易心领神会，而且怀着何等甜蜜的心情，他还可以随意询问：每当把他的见解宣布为煽动性就可以取悦以后的报纸和足够数量的邻人时，他很快就可以确立他的责任感，勇敢地面对那一类惩罚。

看到一种受约束的天性面对怨恨的打击，很快就可以平息敏感的内心对灾难的忧虑。我们很快靠近一个敌人不能追击我们的河边。

让他们乱语胡言，
你悄悄地在坟墓里安眠。

在我们对未来蒙昧无知的黑暗中，在我们对更高昂的声音听而不闻的时刻里，谁不羡慕那些看见自己坚忍不拔的努力已经大功告成的人呢？华盛顿早已被裹在尸布里，永远平安了；他被舒舒服服地安置在坟墓里，在他身上，人类的希望尚未被征服。凡是看见我们的政治卑鄙的人谁不暗自替华盛顿庆幸呢？那些善良勇敢的人将不再遭受自然界骚动之苦，而是怡然自得地等待着尽快能亲自与有限的大自然交流，对这样的人有时候谁不表示羡慕呢？然而宁肯被消灭也不愿做叛逆的爱已经使死亡成为不可能，并且证明自己长生不朽，而且是绝对的、不灭的、存在的、深处的一个土著。

圆

大自然集中到球体里蛰伏，

而她那傲慢的短命生物，

却紧紧地依附在球体的表面，

把天体的轮廓看个仔细；

如果它们把其中的奥秘发现，

一个新的起源就在这里。

眼睛是第一个圆，它所看见的地平线是第二个；整个自然界里，这种基本图形没完没了地重复着。它是世界中最重要的密码符号。圣奥古斯丁把上帝的本质描绘成一个圆，圆心到处都是，圆周却无处可寻。我们终生都在解读这一图形的丰富含义，却无处可寻。人类的每一个行动都有被超越的可能。我们一生都在学习这样的真理：围绕每一个圆都可以再画出一个圆；自然没有终结，而每个终点都是一个开端；正午时分总有另一缕曙光升起，每个深渊下面还有一个更深的深渊。

这一事实，就它象征那“无法达到的”、那转瞬即逝的“完善”的道德事实而言，可以很方便地使我们把每一个领域展示的力量联系起来，因为人力永远无法达到，它同时既鼓动又批判每一个成功。

自然界没有固定的状态。宇宙是运动变化的。永远只不过是一个表示程度的字眼。我们的地球在上帝的眼睛里是一个透明的法则，不是一个固定的事实。法则把事实溶解了，使它只剩下一些碎片。我们的文化突出了这样一种观念：它在身后拖着这样一串城市和制度。让我们上升到另一个观念上去：这一切是会消亡的。希腊雕刻已经冰消瓦解了，仿佛它就是一座座冰雕似的；有的地方还遗留着一鳞半爪的残片，就像我们在六七月看见星星点点的残雪遗留在山坳里一样。因为曾经创造它的天才现在却在创造别的东西。希腊文字要流传得持久一些，然而已经在经历着同一种下场了，正在跌入那新思想为一切旧事物创造的不可避免的深渊。新大陆是在旧星球的废墟上建造起来的，新品种是在先前品种的尸体中培育出来的。新工艺摧毁了旧工艺。看看那些把资本投到被水力学废弃了的渡槽上的情况吧。同样，堡垒被火药摧毁，大路、运河被铁路抛开，帆船被蒸汽机取代，蒸汽机被电动车摈除。

你对这座花岗岩高塔赞叹不已，它经受了多少世纪的风雨剥蚀。然而，是人手砌起了这座高塔。建造者总比被建造者强，造塔的手把塔推翻更是快得多。比手更高明、比手更灵敏的，却是通过手工作的看不见的思想。所以，在粗糙的果后面总有一个精细的因，这个精细的因，本身又是一个更为精细的因造成的果。每一件事物在它的秘密为人所知以前看上去总是永久不变的。对妇道人家来说，一笔富有的产业好像是一个坚定永久的事实；在一个商人看来，任何商品都可以轻而易举地被创造出来，而且也可以轻而易举地失去；对一个市民来说，一座果园，耕作有方，土地肥沃，似乎是一笔固定产业，就像一座金矿或一条河一样；可是在一个大农场主看来，这个果园并不比庄稼的情况好多少。大自然看上去稳定、长久得令人心烦，然而它像别的一切事物一样也有个因，一旦被我了解，这些田野还会一动也不动地绵延千里，这些树叶还会一片片悬在枝头，还会那么重要吗？永恒是一个表示程度的字眼。凡事都取中间。对精神力量而言，卫星的活动范围不见得大于棒球。

每个人的关键就是他的思想。虽然他看上去孔武有力，睥睨一切，他仍然有一个他所服从的舵，那就是观念，他的一切事实都是按观念来分门别类的。要改造他，只能给他介绍一种能统率他自己原来的观念的新观念。人生是一个自我发展的圆，它从一个小得看不见的圆圈开始，向四面八方衍生，涌现出一个个新的越来越大的圆，永远没有止境。这种圆的形成，轮外有轮，将要扩展到什么程度，那就取决于个人灵魂的力量了。因为每一种思想以一个圆形波浪的形式出现——譬如说一个帝国，一种艺术准则，一种地方习俗，一种宗教仪式——它做出迟钝的努力，把自己倾泻到波脊上，凝固和困住生命。如果灵魂敏捷有力，它就从四面八方冲破那个界限，在大海上扩张出另一个圆圈，它也可以掀起一个高浪，怀着再次凝固的企图。

然而心灵拒绝接受禁锢，在它最初最小的悸动中，它已经倾向于用一种巨大的力量向外进行无边无际的扩张。

每一件终结只不过是一个新系列的开始的先声。每一个一般规律只不过是即将表露自己的某个更一般规律的一个特殊表现。对我们来说，没有边界，没有围墙，没有圆周。人完成了他的故事——多么精彩！多么确定！这个故事怎样使万事万物旧貌换新颜！他顶天立地！看啊！那边也出现了一个人，我们刚刚宣布过一个圆的范围轮廓，他就围绕着那个圆又画了一个圆。这样一来我们的第一位画圆者仅仅是一个第一发言者了。他唯一的补救就是立即在他的对手的外面再画一个圆。人们就是这么周而复始的。今天的结果萦绕在心头，想躲也躲不开，它立即会被压缩成一个词，而那仿佛在解释天性的原理将会把自己也包容进去，成为一种更大胆的概括。在明天的思想里，有一种力量把你的信条，把各个国家的一切信条、一切文学，都高高举起，并把你领向一个史诗都没有描绘过的天堂。每个人与其说是世界上的一个工作者，还不如说他只不过在提示自己应当成为什么。人们只是作为下一个时代的预言者行动着。

我们一级一级爬上这神秘的梯子：这些梯级就是行动，新的视野就是力量。所有结果都受到随后的结果的威胁和评判。每一个结果似乎都受到新结果的反驳，实际上它只不过是受到新结果的限制而已。新的说法总遭到旧说法的憎恨，对那些死抱住旧说法不放的人来说，新说法的出现就像一个怀疑主义的万丈深渊。然而，眼睛很快就习惯了新事物，因效果是利于眼睛和新事物的。随后新事物便显露出它的优点和长处，不久以后，它的精力耗尽了，它在新时期的曙光面前便默然失色，一蹶不振。

不要害怕新的概括。难道那看上去粗俗的事实，会危害你的精神吗？别跟它对抗，它同样会升华你的物质论。

如果我们求助于意识，人们就没有固定的东西可言。每个人都认为自己没有得到充分的理解，包括他身上的真理，如果他最终依赖那神圣的灵魂，我看也就只能这样。最后的房间，最后的密室，他一定要搜索，即使它过去从来没有打开过。总是存在着一种情况不明、无法分解的残留。那就是说，每个人都相信自己有一个更大的可能性。

我们的情绪彼此都不信任。今天我浮想联翩，想写什么就写什么。我没有理由相信明天我就有同样的思想，同样的表现力。我写的时候，我所写的东西似乎是天下最顺理成章的事情；然而就在昨天，我却在现在我频频观望的这个方向只看见一种可怕的空虚；我毫不怀疑，一个月后，我将会诧异是谁一连写了这么多东西。呜呼！这种不坚定的信仰，这种放松的意志，这种巨大的涨潮中的巨大落潮！其实我就是自然界的上帝，我也是墙边的一株野草。

不断的努力使人超越自我，在他的上一个高度上再上一层高度，却把努力本身在种种关系中暴露出来。我们渴望认可，却不能原谅认可的人。大自然的甜蜜就是爱，然而，如果我有一个朋友，我就会受到自己缺陷的折磨，爱我就等于指责对方。如果他高明到可以忽视我的缺陷的程度，那我可以爱他，并通过我的爱心把自己提高到新的高度。一个人的成长可以在他一连串的朋友中看出来。为了真理，他失去一个朋友，就会得到一个更好的。当我在林中漫步，思索着我的朋友时，我想，我为什么要同他们玩这种偶像崇拜的游戏呢？在不是故意视而不见的情况下，我对所谓的高尚、可敬的人的一望而知的局限一目了然。我们不吝言辞，说他们富裕、高贵、伟大，然而，事实却是可悲的。神圣的精神啊，我为了这些人抛弃了你，他们却不是你！我们表现出来的每一种个人关怀使我们丧失了天国。我们用天使的宝座换取一种短暂的狂欢。

这种教训我们要吸取多少次呢？一旦我们发现了他人的局限性，他们就不再使我们感兴趣了。唯一的罪过就是局限。一旦你发现了一个人的局限，他就全完了。他有才能吗？他有事业心吗？他有知识吗？毫无用处。对你来说，昨天他无限迷人，是一个伟大的希望，一个可以畅游的大海。现在呢，你已经发现了他的海岸，发现那原来只是一个池塘，即使你再也看不见它，你也无所谓。

我们思想上新迈出的每一步就像一条法律条文，调和着许多貌似纷乱的事实。亚里士多德和柏拉图被看成两大学派各领袖。一个智者会使亚里士多德柏拉图化。在思想上后退一步，分歧的意见就会调和。办法就是把他们看成一个原则的两个极端，而我们永远也不会后退到把一种更高的远见排除在外的程度。

当一个思想家在这个星球上自由活动时。到那时万物都岌岌可危了。那就像一个大城市里突然燃起一场大火，谁也不知道哪里安全，火将烧到哪儿停止。任何一种科学都有可能在明天被驳倒；任何文学声名，甚至所谓的不朽的声名，也有可能被修正和批判。人的希望、心中的思想、各国的宗教、人类的风俗道德，完全受一种新的观念支配。观念总是把神性重新灌输到心灵里，于是才有随之而来得激动。

勇气就是自我恢复的能力，因此一个人一旦被驳倒、一旦被击败，随便把他扔在哪里，他都能重新站稳脚跟。要做到这一点，只能靠他喜欢新真理胜过过去对真理的理解，靠他对各方真理都能灵活接受，靠这样一种坚定的信念。他的法则，他的社会关系，他的基督教，他的世界，随时都可能被取代，随时都可能消亡。

唯心主义的程度不同。我们最初在学术上学着玩它，就像磁铁曾经是一种玩具一样。然后我们在青春期、在诗歌中看到：它也许是真的，在星星点点的事物中它的确是真的。随后，它的面目变得威严起来，我们便认为它一定是真的。现在它表现得既合乎道德，又合乎实际。我们知道上帝存在，他就在我心中，万物都是他的影子。贝克莱的唯心主义只不过是对耶稣的唯心主义的一种粗糙的说明，而耶稣的唯心主义又是对这样一种事实的粗糙的说明：一切本性都是善于自我完成、自我组织的一种迅速散发。更为明显的是，历史和世界的状况随时都直接依赖存在于人们心灵里的知识分类。此时此刻人们很珍视的事物之所以如此，是因为有了那些出现在人们的精神境界里的观念，是因为有了那些就像一棵树结果子那样造成事物现有秩序的观念。一种程度崭新的文化会立即促成人类整个制度的革命化。

会话是一场圆的比赛。在会话中，我们拔掉了各个方面限制沉默的界标。会话双方并不会受到他们共同具有，甚至在这种神灵降临节下表现出的那种圣灵的审判。明天，他们就会从这种高潮上退去。明天，你一定会发现他们屈身背负着那些古老的驮鞍。然而趁着那辩论火舌舔在我们的墙上时，先让我们欣赏一番吧。每一个新的谈话者点燃一种新的火光，把我们从上一个说话人的压迫中解放出来，又用他自己思想的伟大和孤傲压迫我们，然后又把我们让给另一个拯救者，这时候，我们似乎恢复了我们的权利，成了人。啊，在宣布每一个真理时，什么样的真理才被认为在各个时代、各种世界都深刻，都可行呢？平时，社会冷冰冰地像雕像似地坐着。我们大家都站着等待，十分空虚——也可能知道我们能够充实，被巨大的象征包围着。虽然对我们来说，它们并不是象征，只不过是平凡琐碎的玩具。然后神降临了，把那些雕像变成热情似火的人，他的目光一闪，就把那掩盖一切的薄纱烧个精光，于是，每一件陈设、杯盘、椅子、钟和床上铺盖的意义便一目了然了。在昨天的迷雾中，像庞然大物似的隐隐出现的事实——财产、气候、教养、人体美之类，奇怪地改变了它们的比例。我们认为已经固定的一切都在摇晃，嘎嘎作响。文学、城市、气候、宗教，离开了它们的基础，在我们的眼前舞动。在这里，我们又看见了快速的谨慎！谈话固然不错，沉默则更胜一筹，并且使谈话自惭形秽。谈话的长度表明了思想的距离。如果他们在哪一部分完全理解，言词在哪个地方就没有必要。如果在各个部分都完全一致，那就不必枉费唇舌了。

文学是我们现在的圆之外的一个点，通过它也许可以画一个新的圆。文学的功用就是给我们提供一个高台，我们从上面可以俯瞰我们的现实生活：提供一台起重机，我们可以用它移动我们的现实生活。我们有一肚子的古代学问，并且把我们安顿在希腊、迦太基、罗马的房屋里，仅仅是为了使我们可以更加明智地看到法国、英国和美国的房屋和生活方式。同样，我们从狂放的大自然中，从纷杂的事务中，从一种高尚的宗教中，把文学可以看得最明白。站在田野里却对田野看不清楚。天文学家必须把地球轨道的直径作为基线去发现任何一个星星的视差。

因此我们尊重诗人。一切论据和一切智慧并不在百科全书里，不在形而上学中，不在“神学大全”中，而在十四行诗或戏剧中。在日常生活中，我喜欢走老路，而不相信变化和改革的力量。然而某个彼特拉克或阿里奥斯托，喝足了他的想象力的新酒，给我写了一首颂歌或一篇轻松传奇，充满了大胆的思想和行动。他用他尖锐的音调震动激发了我，打断了我的习惯之链，于是，我睁开眼睛，面对我自己的可能性。他向着世界上所有笨重破旧的杂物拍动翅膀，于是，我能够再一次在理论和实践中选择一条笔直的路。

我们同样需要考察一番世界宗教。我们从教义问答手册中绝对看不出基督教来——从牧场、从池中的小舟、从林鸟的歌唱中，我们倒有可能看出来。我们被自然风光净化，沉浸在田野提供给我们的美丽形体的海洋里，我们便可能偶尔正确地回顾一下传记。基督教受到人类精英的珍视，这是完全正确的；然而，从来没有一名年轻的哲学家的教养落入基督教教会的范畴内，保罗的精彩经文并没有受到他的特别推崇："那时，圣子自己就归服于那使万物服他的神。这样，神便超于万物之上，做万有的主宰。"无论让人们的要求和美德变得多么伟大，多么受人欢迎，人的本能还是迫不及待地趋向非人和无限，并且乐意这样引经据典把自己武装起来，反对盲从者的教条主义。

可以把自然界想象为一组同心圆，不过我们不时在大自然中发现情况略有出入，这就告诉我们，我们现在所站的这个表面并不是固定的，而是滑动的。这些多种多样、紧密相连的性质，这种化学和植物，这些金属和动物，好像为自身的缘故生存着，实际上它们只不过是一些手段——是上帝的语言，就像别的语言一样转瞬即逝。如果博物学家或化学家已经探索过原子量，都尚未发现那种更深刻的法则，关于它只有一个不完全或近似的说法，即同声相应，同气相求；属于你的东西就受到你的吸引，不必苦苦求索，这难道说他就学会了自己的技艺吗？然而，那种说法也是近似的，不是终极的。无处不在是一种更高深的事实。朋友和事实并不必通过微妙的地下渠道被吸引到各自的对应者那儿去，经过正确的考虑，这些事物都是由灵魂永久繁育而来的。因与果是一个事实的两面。

同一种永恒前进的法则包罗了我们称之为德性的一切，又按照一种更好的德性把每一种德性逐一消灭。伟大的人物不是按通俗的意义谨言慎行；他的一切谨慎将全是从他的伟大中打出的折扣。然而每个人都应该看到，他把谨慎牺牲了以后，把它奉献给了什么神：如果奉献给安逸和快乐，他最好仍然安于谨慎；如果奉献给一种伟大的信任，有飞车的人就可以省掉他的骡子和驮篮了。杰弗里穿上他的靴子穿过森林，他的脚就不会被蛇咬，亚伦就压根儿没有想到那种危险。多少年来两个人都没有受到那种事故的伤害。然而在我看来，由于你千方百计防范那种灾祸，你已经落入了灾祸的掌心。我认为最高明的谨慎也是最低劣的谨慎。这是不是从我们轨道的中心太突然地跑到边缘上去了呢？想一想有多少次我们先要退入可怜的谋算，才能在伟大的感情里得到安宁，或者才能把今天的边缘造成新的中心。况且，你最勇敢的感情对于最谦恭的人来说，是非常熟悉的。贫穷、卑贱者像你一样有他们自己的办法表达终极的哲学事实。“福生于无有”，“事情越坏，情况越好”，这些谚语表现了普通生活中的超验主义。

一个人的公平是另一个人的不公平；一个人的美是另一个人的丑；一个人的智慧是另一个人的愚蠢；如果你站得高一点去观察同样的一些事物，你发现情况就是这样。一个人认为还债是天经地义的事情，对另一个人不负责任、让债主苦等的做法感到深恶痛绝。可是第二个人有他自己看待事物的方法；他扪心自问：我先得偿还哪一笔债，先还富人的债，还是先还穷人的债？还钱财债，还是还欠人类的思想债，或是还欠自然的天赋债？经纪人啊，对你来说，除了算术，没有别的原则。对我来说，商业是小事一桩；爱、信仰、性格的真诚、人的志向，这些才是神圣之物；我不能像你一样，把一个责任同其他的一切责任截然分开，全力以赴去机械地偿还钱债。让我继续生活下去；你一定会发现，虽然比较缓慢，我性格的进步将会了结这些债务，对更高的要求不会不公平。如果一个人全力以赴去偿还钞票债，这难道不是不公平？难道他欠的债务没有别的，只有金钱？难道对他的一切要求都该放到房东和银行家对他的要求之后？

没有一种善是最终的；一切都是最初的。社会的善就是圣徒的恶。我们对改革产生恐惧，就是因为发现我们必须把我们的善行，或者我们总是那样敬重的东西，扔进已经吞噬了我们的更大恶行的同一个坑里。

“原谅他的罪恶，也原谅他的美德，那些较小的过错，一半都变成了正确。”

那也是它们消除我们悔悟的神圣时刻的至高无上的力量。我指责自己日益变得懒散、无用；然而当上帝的这些波涛涌进我的心田时，我不再计算失去的时间。我不再可怜巴巴地掐算我来日还有多少、可能取得什么成就，因为这些时刻赋予了一种全在和全能，它不需要任何经久的东西，而只是保证心灵的力量与要做的事情相称，不考虑时间问题。

循环论证的哲学家啊，我听见某个读者惊呼你已经掌握了一种高明的波浪主义，形成了对一些行动的冷漠，并且欣然教导我们，如果我们是真诚的，当然，我们的罪恶就可以成为化石，我们将会利用它建造出真正的上帝的庙宇！

我并不刻意为自己辩护。我看到整个植物界糖的原则占优势，我为此感到高兴，我也看到在道德中，善的原则无限制地涌进自私裂开的每一个裂缝和漏洞，而且涌进了自私和罪恶本身，为此我同样感到高兴。所以恶绝不是纯粹的，就连地狱本身也不是没有它极端的乐趣的。然而，在我固执己见、想入非非之时，以免把读者引入歧途，让我提醒读者：我仅仅是一个实验者。一点不要高估我所做的事情，也丝毫不要辱没我没有做的事情，仿佛我在假装把什么事定为真的，把什么事定为假的似的。我对万事万物都没有定论。对我来说，没有一件事实是神圣的，也没有一件是渎神的。我仅仅在实验，我是一个无止境的探索者，身后没有过去。

然而这种万物共享的不停的运动和进步只有通过跟灵魂里的某种固定或稳定原则加以对比，我们才能明白。当圆的永恒增生在继续时，那永恒的增生器也在坚持。那种中心生命比创造优越一点，比知识和思想也优越，所以把它所有的圆都包含进去了。它不断努力要创造一种像它自己一样广阔、一样优秀的生命和思想，却徒劳无功；因为已经造就的东西在指导怎样造就一个更好的。

这样，就没有睡眠，没有停顿，没有保存，只有万物的更新，萌发，生长。我们为什么要把破烂和残迹输入新的时刻呢？大自然厌恶衰老的事物，老年似乎是唯一的疾病，别的一切都往这一个里奔涌。我们用繁多的名目称呼它——狂热、放纵、疯狂、愚蠢、罪恶；它们都是老年的种种形式；它们是静止、保守、挪用、惰性、陈旧、停滞，不是新颖，不是前进。我们一天天愁白了头发。我看没有这个必要。当我们与高于我们的东西交谈时，我们就不会变老，只会变年轻。幼年、青年，勇于接受，意气风发，用虔诚的眼光向上看，把自己并不当作一回事，而是沉湎于从四面八方涌来的教导。然而，古稀之年的老头儿、老太婆假装万事通，他们已经老了，没有什么希望，他们放弃了自己的抱负，把现实当作必然接受下来，并且用高人一等的口气对青年人训话。那就让他们变成圣灵的喉舌吧；让他们当恋人吧；让他们看到真理吧；这样一来，他们的眼睛就会向上，他们的皱纹就会消失，他们会再次洋溢着希望和活力。这种老年不应当悄悄地爬上人的心头。在自然界，每时每刻都是新的，过去总是被吞没、被忘却，只有来者才是神圣的。除了生命、变迁、奋发的精神，没有什么可靠的东西。爱不能受誓言和契约的约束去防范一种更高尚的爱。再崇高的真理，明天在新思想的光照下也会显得平凡。人们希望安定，只有在不安定的情况下，他们才有希望。

生活就是一系列的惊人事件。我们在构建自己的存在时，今天猜不出明天的情绪、欢乐和力量。关于比较低级的情况——关于日常的行动和感觉——我们可以说出个大概；然而，上帝的杰作、灵魂的全部生长和普遍运动，他却隐藏着；那是无法预测的。我可以知道真理是神圣而有益的，可是它要怎样让我受益，我却无法猜测，因为如此存在是如此认识的唯一入口。进步的人的新立场具有旧立场的一切能力，然而已经把它们全部更新了。它胸怀过去的一切能力，它本身却是一种清晨的气息。在这种新的时刻里，我抛弃了原来积存的所有知识，觉得它们空虚无聊。现在，有生以来第一次，我仿佛对任何事物有了正确的认识。最简单的词汇——我们不知道它们的意义，除非在我们爱和追求的时候。

灵巧在维护陈旧事物的完整，力量和勇气在建造一条新路，通往新的更加美好的目标，才能和性格之间的区别就在于此。性格造成了一种压倒一切的现在，一个欢乐坚决的时刻，它加强了团结，因为它使大家看到：没有想到的事情很多都是可能的，并且是十分美好的。性格使某些特殊事件的印象显得暗淡。我们看见征服者的时候，我们不大考虑任何一场战斗或成功。我们看到我们过去夸大了困难。对他来说，那是轻而易举的。伟大的人物并不是能够震撼得了、折磨得住的；事件过身时并没有留下什么印象。人们有时候说："看看我已经战胜了什么；看看我是多么高兴；看看我怎样彻底战胜了这些倒霉事情。"如果他们仍然使我想起那件倒霉事，就说明他们并没有彻底战胜。真正的征服就是使灾难风流云散，仿佛它就是在一段伟大而进步的历史的早期出现的一块效果甚微的云朵。

我们贪婪地追求的一件事就是忘记我们自己，出其不意地使我们忘掉自己的特点，失去我们永久的记忆，去做某种事情，却不知道怎样做，为什么做；总而言之，就是画一个新的圆。伟大的事情没有热情是办不到的。生活的道路奇异无比：那就是依靠放弃。历史上的伟大时刻就是通过天才和宗教作品这样的思想力量所达到的运用自如。

奥利佛·克伦威尔说：“当一个人不知道正走向何方时，他才升到了最高点。”梦与醉、吸鸦片、喝酒是这种玄妙的天才的伪装和假冒，由此产生了他们对人们的危险的吸引。出于同样理由，他们求助于比赛和战争中出现的那种狂热，用某种方式模仿心里的这些烈焰和慷慨。

艺术

向推车、茶盘和饭锅，
赐给传奇的优美和传奇的光辉；
正午在闪烁的石堆里隐藏，
赶快往里面送去月光；
在城里铺好的街道上，
培植花园，要有丁香成行；
让喷泉把空气变凉，
并在烈日烤炙的广场歌唱；
让雕像、图画、公园、大厅、
歌谣、旗帜以及喜庆，
把过去恢复，把今日装点，
把每个明日都变成新的一天。
这样，衣衫上积满灰尘的苦工，
将会在城市的大钟后看清：
天上国王们的扈从，
天使们闪烁的翅膀和衣裙，
他的父辈在光辉的寓言中闪现，
他的子孙们在天堂的餐桌上用膳。
这就是艺术的特权。

美术不是模仿，而是创造。他将表现阴郁中的阴郁，阳光中的阳光。在一幅肖像画中，他必须刻画性格，而不是五官，而且必须把那个对着他原原本本坐着的人仅仅看成那内在的、有抱负的原型的肖像。

如果不是创作冲动，我们在一切精神活动中观察到的那种省略和选择又是什么呢？因为它放进了教人用比较简单的象征传达一种较大的意义的那种更高的启发。除了是大自然在自我描述中的一种更好的成功，一个人又是什么呢？除了是比地平线上的形象更美好、更紧凑的一幅风景——大自然的折中主义，一个人又是什么呢？除了是一种更好的成功，他的谈吐，他的热爱绘画、热爱自然又是什么呢？一切令人厌倦的漫长的空间、沉重的形体都被省去了，而它的精神或寓意却被压缩成一句悦耳动听的话，或者巧妙绝伦的笔触。

然而艺术家必须把常用的象征用到他的时代和国家上，对他的同胞传达他那扩大了的含义。这样，艺术总是在推陈出新。“当代的天才”在作品上盖上了他的不可磨灭的印章，赋予它一种想象无法表达的魅力。该时期的精神特征把艺术家征服到什么程度，在他的作品中得到多大程度的表现，它就会在多大程度上维持一种辉煌，它就会在多大程度上向未来的观众表现“未知”、“必然”和“神圣”。谁也不能从他的劳动中排除这种“必然”成分。谁也不能摆脱他的时代和国家，谁也不能制造一种跟他那个时代的教育、宗教、政治、习俗、艺术毫不沾边的模式。虽然他从来没有如此独具匠心，如此异想天开，但是他无法在他的作品中抹去从中产生的思想的痕迹。逃避恰恰暴露了他所逃避的习俗。超越他的意志，远离他的视线，他所呼吸的空气，他和他的同时代人赖以生存和工作的观念，迫使他沾染上了他的时代的风尚，他却不知道那风尚为何物。他作品中所不可避免的东西具有一种高超的魅力，那是个人才能所无法赋予的，因为艺术家的笔和凿子仿佛被一只巨手抓住，并且指引着在人类历史上画一条线似的。这种情况便赋予埃及象形文字一种价值，赋予印度、中国和墨西哥的偶像一种价值，不管它们多么粗糙，多么不像样子。它们表示了那一时期人类灵魂的高度，非但不是异想天开，而且是像世界一样深沉的必然性造成的。造型艺术整个现存的作品像历史一样在这里有它最高的价值；也像在这样一种命运的肖像上画的一笔：这种命运完善而美丽，按它的指令，一切生命都要走向他们的至福。

这样，用历史的眼光看，教育对美的知觉就是艺术的功能。我们沉浸在美中，然而我们的眼睛却看不清楚。那就需要展示个别的一些特色去帮助和引导那蛰伏的情趣。我们又雕又画，或者作为研究形体秘密的学生，我们观赏雕刻和绘画。艺术的优点就在于超脱，在于把一件物体从目不暇接、纷然杂陈的物体中分离出来。直到一个物体脱离了与诸多物体的联系，才会有喜悦，有观照，可是没有思想。我们的快乐与不快是没有效果的。婴孩喜气洋洋，然而他的个性和他的实际能力却取决于他每天在区分事物和一次处理一件事上所取得的进步。爱和一切激情把一切存在集中到一个形体周围。某些心灵的习惯就是给它们邂逅相逢的物体、思想、语言赋予一种排除一切的充实，使它当时成为世界的代表。这些心灵就是艺术家、演说家和社会领袖。超脱和借助超脱加以放大的能力就是演说家和诗人手中修辞技巧的精华。这种修辞技巧，或者使一件事物暂时处于显赫地位的能力——在柏克、拜伦和卡莱尔身上表现得异常突出——画家和雕刻家是用色彩和石头来表现的。这种能力取决于艺术家对他所观照的那件物体洞察的深度。因为每一件物体都扎根于总的自然中，当然可以给我们表现出来代表世界。因此，每一个天才的作品就是当时的暴君，它把注意力都集中到自己身上。在那一个时期，做这样的事是唯一值得一提的——不管它是一首十四行诗，一出歌剧，一幅风景画，一尊雕像，一场演说，一座庙宇的图样，一场战役的计划，或者一次探险旅行的方案。不久我们就转移到另外某个物体上，它又把自己发展成一个整体，就像头一个做过的那样。譬如说，一座布局完美的花园，好像除了规划花园什么都不值得一做似的。如果我不熟悉气、水和土，我就会以为火是世界上最好的东西。因为在自己得意的时刻成为世界之最是一切自然物体的权利和属性，是一切真正的才能的权利和属性，是一切固有属性的权利和属性。一只松鼠从一个树枝跳到另一个树枝，使整个森林成了它取乐的一棵大树，它引起的注意不下于一头狮子——它美丽而自信，当时当地它就代表着大自然。在我谛听时，一首好听的歌谣吸引了我的耳朵和心，感染力跟以前听过的一部史诗可以媲美。被一个主人，或者一窝猪仔吸引住的一只狗，满足了一种现实，而且就是一种现实，其作用不在米开朗琪罗的壁画之下。从这一连串的杰出物体，我们终于认识到世界的广阔，人性的丰富，它可以从任何方向奔向无限。然而我也认识到在第一件事上使我惊讶和着迷的东西，在第二件事上亦复如是；万物的优点就是如此。

绘画和雕刻的功能似乎仅仅是最初的。最优秀的图画可以轻易把自己的最终秘密告诉我们。几个神奇的点，几条神奇的线和几种神奇的颜色，构成了我们在其中生活的变化无穷的“人物风景画”，最优秀的画只不过是这样一些点、线和色彩画成的草图。绘画之于眼睛，如同舞蹈之于四肢。当它已经教育躯体掌握了自制、伶俐、优美时，舞蹈大师的舞步就被忘得差不多了；绘画教给我色彩的绚丽和形体的表现，当我看到许多绘画和艺术中的更高天才时，我看到的是画笔的丰富多彩，艺术家随意从可能的形体中选择所表现出的冷漠。如果他什么都能画，那为什么还要画什么呢？随后我的眼睛睁开，看见了大自然在街上画的永恒的图画，来来往往的大人、小孩、乞丐、淑女，有的披红，有的戴绿，有的着蓝，有的穿灰，有的长发披肩，有的鬓毛斑斑，有的面孔白皙，有的皮肤黝黑，有的皱纹满面，有巨人，有侏儒，有的洋洋自得，有的像小鬼一样淘气——一幅顶天立地、海阔天空的画面。

陈列馆的雕刻把这一教训讲得更加简单明了。绘画讲的是着色，雕刻讲的则是形体解剖。我看过优美的雕像后，后来走进了一个公共会场，才算明白了有人说过的这句话的意思：“当我一直在阅读荷马时，所有的人看上去都像巨人。”我也看到绘画和雕刻是眼睛的体操，训练眼睛掌握它的功能的细微奇妙的特点。没有一尊雕像能像一个变化无穷的活人，他比所有尽善尽美的雕像都优越。我这里有个什么样的艺术馆呀！没有一个讲究风格的艺术家能造这样神态各异的群像和千姿百态、匠心独运的独像。在这里，艺术家既严肃，又高兴，对他的石料即席创作。一会儿一个思想触动了他，过会儿又是一个，他时时刻刻都在改变他的人物造型的整个风度、姿态和表情。丢掉你的油彩和画架的胡闹，抛弃你的大理石和凿子的摆弄；除非睁开眼睛看见了永恒艺术的神手，否则它们都是假冒的垃圾旧物。

一切创作最终都与一种原始动力有关，这就解释了一切最高级艺术品共同的特点——它们都能被普遍地理解；它们给我们恢复了最简单的心态；它们都是宗教性的。因为无论其中表现的是什么技巧，那都是原始灵魂的再现，纯光的一种照射，所以它应当对自然物体制造的东西造成一种类似的印象。在快乐的时刻，自然在我们看来是一个具有艺术的自然；艺术是经过完善的艺术——天才的作品。单纯的趣味和对一切伟大的人类影响的敏感性在哪个人身上压倒了一种地方和特殊文化的偶然事件，那个人就是最优秀的艺术批评家。虽然我们走遍天涯去找美，但是我们必须把它带在身边，否则我们是找不到的。美的精华是一种高超的魅力，那是表面上的、轮廓上的技巧或艺术规则永远教不会的，也就是说，那是一种从人性的艺术品里发出的光芒——通过石头、帆布或音响对我们的天性的最深沉、最单纯的属性的一种神奇表现，因而对那些具备这些属性的灵魂来说，最终是最理解得透彻的。在希腊人的雕刻中，在罗马人的砖石建筑中，在托斯卡纳和威尼斯大师们的绘画中，最高的魅力就是它们说的普通语言。一种道德性的自白，一种纯洁、爱和希望的自白，从它们身上发散出来。我们带给它们的东西，我们原封未动地带回来，只是在记忆中有了更好的说明。旅游者游览梵蒂冈，从一个展室到另一个展室，穿过一个个雕像、花瓶、石棺、枝形烛台的陈列馆，穿过形形色色的美，都用最富丽的材料雕刻出来，这时他就有了这样的危险：有可能忘记造成这一切的原理的单纯性，也可能忘记它们的思想和法则的来源就在他的心胸中。他研究这些神奇遗物的技术规范，却忘记了这些作品并不总是这样群星荟萃；忘记了它们是多少年代、多少国家的贡献；忘记了每一件都出自一个艺术家单独的作坊，此人呕心沥血，也许还不知道有别的雕像的存在。他创作没有别的样板，只有生活，家庭生活，以及个人关系的甜蜜与苦涩，一起跳动的心和相遇的目光的甜蜜与苦涩，贫穷、困苦、希望、恐惧的甜蜜与苦涩。这些就是他的灵感，这些就是他深入你的心智的影响。艺术家的力量有多大，他在自己的作品中为自己的个性所发现的出口就会有多大。他万万不可受他的材料的局限或妨碍，凭借自我表达的必要，顽石在他的手中也会变成蜡，并且会允许他原原本本、不折不扣地表达他自己。他用不着受一种因袭的自然和文化的牵累，也不必过问罗马或巴黎是什么模式，而在新罕布什尔一家农场角落的灰色的未涂油漆的木头房子里，在边远林区的圆木房里，或者在他忍受过一种城市贫困的拮据与寒酸的那种狭隘的寓所里，已经被贫困和出生的命运变得既可憎又可爱的房屋、天气和生活方式就会像别的任何状况一样，起一种象征作用。

我记得，我年轻的时候就听说过意大利绘画神奇无比，当时我就想着那些伟大的图画看上去一定非常陌生；一定是把色彩和形体惊人地结合在一起，一种异国的奇迹，金镶玉嵌，艳丽绝伦，就像民兵的短矛和旗帜，在小学生的眼睛的想象中显得光怪陆离。我就是要看到并了解这种我不知为何物的东西。我最后到了罗马，亲眼看见了那些画，我发现天才把花里胡哨、荒诞炫耀的东西留给了新手，它自己却直接指向单纯与真实；它显得亲切、真诚，是我在很多形体中已经见到的古老永恒的事实——我活着就是要了解它；它就是我了如指掌的那种简单明白的你和我——早已是家常老话了。我在那不勒斯的一座教堂里已经有过同样的经历。在那里，对我来说，我发现除了地点，什么也没有改变，于是我对自己说："你这傻孩子，你漂洋过海，走了四千英里海路，来到这里就为的是要发现你觉得跟家里一模一样的东西吗？"这一事实我在那不勒斯的学术宫的雕刻馆里又看到了，我来到罗马，来到拉斐尔、米开朗琪罗、萨基、提香、达芬奇的绘画前，又见到了这一事实。"掘得好，老田鼠！"它陪伴着我旅行，我想着我已经留到波士顿的东西却在梵蒂冈，又在米兰、巴黎，结果使一路的旅行荒唐得像一辆踏车。我现在向所有的绘画提出这样的要求，它们应当使我感到习以为常，而不应当使我眼花缭乱。画切不可画意太浓。使人惊讶的莫过于常识和坦白。一切伟大的行动都是纯朴的，一切伟大的画也是这样。

拉斐尔的《基督显圣容》就是这种独到之处的一个突出例证。整幅画闪耀出一种宁静、慈祥的美，直射人的心扉。他简直在直呼你的姓名。耶稣的甜美崇高的脸叫人叹为观止，然而这对期望富丽堂皇的人无异于冷水浇头！这种熟悉、纯朴、拉家常似的面容如同在迎接一位朋友。画商们的知识自有它的价值，然而当你的心被天才触动时，就别听画商们的评头品足了。画不是为他们画的，而是为你画的；是为长着能够被单纯和高尚的感情所打动的眼睛的那种人画的。

关于艺术我们已经把好话说完，最后我们必须坦白地承认，据我们所知，艺术仅仅是最初的。我们赞叹不已的是它们的目标和许诺，而不是实际的结果。谁相信创造的黄金时代是过去，谁就把人的智谋想得很低。《伊利昂记》或《基督显圣容》的真正价值就在于它们是能力的标志，它们是潮流的大波或细浪，是永远努力创造的象征，灵魂就是在最坏的情况下，也要把它们表露出来。如果艺术不能和世界上最强大的势力齐头并进，如果它既不实用，也不道德，如果它跟良知毫无关联，如果它不能使贫困和无教养的人们觉得它在用一种高尚快乐的声音对他们说话，那说明艺术尚未成熟。艺术工作高于技艺。技艺是一种不完善或卑劣的本能的流露，艺术却是创造的需要。由于它的本质广大而普遍，它无法容忍用残疾或捆绑着的手工作；无法容忍残疾、畸形，所有的画和雕像都是这样。它的目的决不次于人和自然的创造。一个人应当在艺术中为他的全部精力找一个出口。只要他力所能及，他就可以画画、雕刻。艺术应当使人高兴，应当从四面八方推倒事态的墙，在观赏者心里唤醒作品所显示的艺术家身上那种普遍关系和能力的意识，它的最高效果就是造就新的艺术家。

有些艺术非常古老，有些艺术已经消亡，悠久的历史完全有资格作它们的见证。雕刻艺术早就丧失任何实际功效了。它本来是一种有用的艺术，一种写作方式，一个野蛮人对感激或忠心的记录，在一个对形体有出奇感受的民族中，这种幼稚的雕刻经过提炼，有了最辉煌的效果。然而它是一种粗犷而富有青春活力的民族的游戏，而不是一个聪明而讲究精神的国家的坚韧劳动。在一棵枝繁叶茂、果实累累的橡树下，在一个充满永恒的眼睛的天空下，我站在一条大道上；然而在我们的造型艺术的作品中，尤其在雕刻作品中，创造已被逼得走投无路。毋庸讳言，雕刻中存在着某种微不足道的现象，跟玩具的卑微和剧院的虚饰毫无二致。天性超越了我们的一切思想情绪，它的秘密我们仍然没有发现。然而，美术馆却受我们情绪的支配，有的时候，它变得十分轻浮。牛顿一贯关注着日月星辰的轨道，竟然不知道彭布罗克伯爵在“石头玩偶”中发现了什么值得赞赏的东西，对此我并不诧异。雕刻可以用来教导学生知道形体的秘密有多深奥，知道精神可以怎样完美地把自己的含义翻译成雄辩的方言。在需要贯穿万物、无法容忍假冒和死气沉沉的事物的那种新活动面前，雕像将会显得冰冷而虚假。绘画和雕刻就是形体的节庆。然而真正的艺术从不固定，而永远在流动。最甜美的音乐不在圣乐中，而在人的声音中，如果它从短暂的生命中说出了温情、真理，或勇气的音调的话。圣乐已经跟清晨、太阳、地球无缘，而那种令人信服的声音跟这一切却非常合拍。所有的艺术品都不应当超脱，而应当是即席表演。一个伟人在每一个姿态和行动上都是一尊新的雕像。一位美人是一幅使所有的观赏者发狂而不失其高尚的画。人生不仅可以是一首诗或一部传奇，而且可以是抒情诗或史诗。

如果发现有人值得宣布创造的规律，那么这一真正的宣告就会把艺术带进自然王国，消灭它的分离的、异己的存在。在现代社会中，创造和美的源泉几乎枯竭了。一部通俗小说，一座剧院，或者一家舞厅，使我们感到我们都是这个世界的贫民所里的乞丐，没有尊严，没有技巧，没有勤奋。艺术也是同样的贫困、低劣。那古老的悲剧性的“必然”甚至降落到古代的维纳斯们和丘比特们的额头上，并且为那些异常的形象闯入自然而表示唯一的歉意——即这些形象是不可避免的；艺术家沉醉于一种对形体的爱好，这种爱好他是无法抗拒的，它自行涌现在这些奢华之中。这种古老的悲剧性的必然不再使凿或笔具有尊严。然而艺术家和鉴赏家现在却在艺术中寻找他们才能的表现，或者一座脱离人生种种罪恶的避难所。人们对他们在自己的想象中所造的形象并不十分满意，于是就逃向艺术，把他们的良知用一首圣乐、一尊雕像，或一幅画传达出来。艺术做出的努力跟一种感官的成功所做的一样，即把美和用途分离开来，把作用当作不可避免的东西加以修饰，如果憎恨它，便转变为欣赏。这些安慰和补偿，这种美和用途的分离，自然法则是不容许的。美一旦被找到，不是出于宗教和爱，而是为了快乐，它就把寻找者贬低了。高尚的美他再也不能在帆布、石头、声响或抒情作品中取得，充其量只能形成一种阴柔的、谨慎的、病态的美，实际上不是美，因为手能完成的事永远不会比性格所激发的高。

这样，进行分离的艺术本身首先遭到了分离。艺术决不能是一种肤浅的才能，而必须从人的内心深处开始。现在人们看不出自然是美的，于是他们便去造一尊必定是美的雕像。他们讨厌人，觉得他们乏味、呆笨、顽固不化，于是便用颜料袋和石头块聊以自慰。他们因为生活平淡无奇而加以摒弃，却创造一种他们称之为诗意盎然的死亡。他们急忙了结一天烦人的事务，便飞向桃色的白日梦。他们大吃大喝，好日后实现理想。这样一来艺术就遭到贬斥；名义向心灵传达了它们次要的恶感；它在想象中成了某种拂逆天理的事，从一开始就遭到死亡的袭击。难道从更高尚的地方开始——先为理想服务，再大吃大喝；在大吃大喝时，在呼吸中，在生命的功能中，为理想服务，不是更好一些吗？美必须回到有用的技艺那儿去，必须把美术和实用技艺的区分忘掉。如果把历史讲得真实，如果生活过得高尚，要把两者分开就会既不容易，也不可能。在大自然中，一切都是有用的，一切都是美的。它之所以美，因为它是活的，运动的，有生殖能力；它之所以有用，因为它对称，漂亮。美不会被一个立法机构招之即来，它也不会在英国或美国重复它在希腊的历史。它会一如既往，未经宣布，就在勇敢认真的人们的双脚之间一跃而起。我们要寻找天才去重复古老艺术中的奇迹，那纯属徒劳；在新的必要的事实中，在田野和路边，在商店和工厂，发现美与神圣则是它的本能。它会从一颗虔诚的心里出发，把铁路、保险公司、股份公司、我们的法律、我们的基层议会、我们的商业、电池、电瓶、棱镜、化学家的曲颈瓶，升华到一种神圣的用途，而现在我们只是从中寻求一种经济用途。难道属于我们重大机械工程——属于工厂、铁路、机器——的那种自私甚至残忍的方面，不就是这些工程所服从的金钱冲动的结果吗？当它的使命高尚、适当时，一条轮船跨越大西洋把新老英格兰连接起来，像一颗行星那样准时到达了自己的港口，这就是人跟自然走向和谐的第一步。圣彼得堡的船由磁力吸引着沿着勒拿河航行，不大需要什么使它变得崇高。当科学在爱中被人学习，科学的力量由爱来行使的时候，这些力量就好像是物质创造的补充和继续。

经验

生活的主宰，生活的主宰——
我看见他们依次走过，
各自装束不一样，
彼此相似又相异，
有的可憎，有的粗壮，
利用和惊奇，
表面与梦想，
纷至沓来，“谬误”似鬼，
只有气质没有嘴，
比赛的发明人，
无处不在却没有名称；
有的可见，有的靠猜，
他们从东向西把步迈，
小小的人啊，最小的小不点，
仅仅走在高大的护卫者的腿中间，
目光迷茫，四处乱走，
亲爱的大自然牵着他的手；
最慈祥的大自然啊，强壮又可亲，
悄声说道：“亲爱的，不要紧！
明天他们又将换上另一副面貌，
你是奠基人！这些可都是你的同胞！”

我们从哪里找到自我？是在我们不知道它的极限并且也深信它根本就没有极限的极数里。我们一觉醒来，发现自己站在阶梯上；往下看，有许多级的阶梯，我们似乎就是打那儿登上来的；向上望，也是许多级的阶梯，它们越升越高，望也望不到头。但是那个自古就有，守护神就把在我们要进的门口，给我们喝那种忘川的水，这样，由于被那杯水搅得糊里糊涂，我们就讲不出任何往事，并且到现在我们也无法摆脱到中午就随之而来的慵困。睡眠终生都在我们的眼睛周围流连，犹如黑夜整天都在枞树枝头盘旋。万物在飘游，在闪光。我们的生命并不像我们的知觉那样有危机四伏之虞。我们像幽魂似的在自然中悄然滑行，再也认不出我们的位置。难道我们降生时正好遇到大自然一时的贫困和节俭？她对火如此吝惜，对土又那样慷慨，所以在我们看来，我们缺乏那种肯定的要素，虽然我们有健康的体魄、清醒的头脑，然而却没有充裕的精神从事创新。我们有足够的东西生活度日，但却没有丝毫的东西来给予或投资。啊，但愿我们的守护神能再有一点神通！我们就像河下游的磨坊主，上游的工厂已经把水抽干。我们还满以为上游的人一定筑起了他们的大坝。

如果我们有人知道我们现在的作为或去向，那么当我们思考时，我们就了如指掌了！今天我们并不知道我们是忙是闲。有时候我们认为我们无所事事，过后却发现我们已经成绩斐然，还有许多事已在着手开展。我们所有的日子，在它们一闪而过的时候于我们毫无裨益，所以如果我们在某地某时得到了这些我们称之为智慧、诗歌、美德的东西，那简直不可思议。我们绝对不是在确切的某月某日得到它们的。一定有那么神圣的几日被添加了进来，就像赫尔墨斯掷骰子赢了月神从而赢得了那么几天，奥西里斯才得以降生。据说，所有的殉难在受苦时都显得猥琐。每一艘船都是富有传奇色彩的东西，除非我们扬帆航行。一旦我们踏上这条船，传奇色彩便一扫而光，它转而又去纠缠海平面上所能见到的别的船只去了。我们的生活看起来平凡琐碎，因此我们避免做任何记载。人类似乎就从海平面上学到了不断退却和不断参照的艺术。那爱发牢骚的农夫说：“那边的高地是繁茂的牧场，我的邻居也有肥沃的草地，而我的地却把世界连接在一起。”我在引用另一个人的话，十分不幸，另一个人却以同样的方式收回他自己的话而引用了我的。这样厚古薄今是大自然的小花招，一片嗡嗡的嘈杂声，有的地方便神奇地在不知不觉中产生了效果。不把每一个屋顶掀翻，它们总显得十分顺眼，掀翻之后我们才发现了悲剧、呜咽的女人、目光冷酷的丈夫、忘川的泛滥，人们问：“有什么消息吗？”好像原有的消息糟糕透顶了似的。在这个社会里我们能数清有多少个人、有多少件事、有多少主张吗？我们将这么多的时间都用于准备，用于例行公事，用于回顾往事，所以每个人天才的精华所用的时间则微乎其微。文学史——拿蒂拉博斯基、沃顿，或施莱格尔的最后结果来说——实际上只是概述了点滴的思想和零星的独创故事，其余的一切都是它们的变种。因此在这个广延于我们四周的巨大的社会里，一种批评的分析将找不到多少自发的行动。充斥其间的几乎都是惯例的粗俗的观念。哪怕有一些微不足道的见解，说出来似乎无懈可击，却触动不了普遍的必然。

一切灾难当中都注入了什么样的鸦片啊！在我们接近它时，它令人望而生畏，但最终并没有粗糙的摩擦，而只有最滑溜的表面。我们轻轻地产生了一种思想，即莽撞女神阿忒狄亚是轻柔的：

纤足细步何轻轻，
高高在人头上行。

人们呼天抢地，但还没有表现出他们说出的一半悲痛。在喜怒无常的心境中我们在招致灾祸，同时怀着这样一种希望：在这儿我们至少能发现实在，真理的尖锋利刃。但结果表明它原来只是绘制的布景，一个假象。悲伤给我的唯一启迪就是知道了它有多么肤浅。它像其他所有的一切，只在表面上晃动，从来没有把我引进现实，而为了跟这种现实接触，哪怕牺牲儿子和爱人也在所不惜。难道不是博什科维奇发现躯体永远不可接触吗？灵魂从来接触不到它们的对象。在我们和我们所瞄准并与之交谈的事物之间有一个不可通航的大海，翻滚着无声的波浪。悲痛照样能使我们变成理想主义者。两年多以前我的儿子死了，我似乎丧失了一笔美好的资产——如此而已。我不能再把它招回到我身边。如果明天我被告知我最大的欠债人破了产，这笔财产的损失在今后许多年中对我来说也许十分不利，但它会使我处于原来的境地——不好也不坏。因此这次灾难也是这样，它并没有触痛我，有些东西我以为是我自身的一个组成部分，要把它扯开就会把我撕裂，要把它扩大一定使我富裕，可是它离开了我，却没有留下丝毫的疤痕。这种灾难是昙花一现的东西。我真正感到悲痛的是，那种悲痛竟然没有给我任何教益，也没有把我带进真正的自然一步。那个被诅咒风刮不着、水冲不着、火烧不着的印度人，就是我们大家的象征。最可贵的事情莫过于夏日的雨水，而我们却像橡皮雨衣，将每一滴雨水都抖落了去。现在，我们除了死亡便一无所有。但我们仍带着一种苦中作乐的满足，期盼着它，说什么我们至少还有不会躲避我们的现实。

我将万物的这种昙花一现、不可捉摸的特点看作我们自身处境的最丑陋的部分，当我们把十指攥得最紧的时候，它反而使物体从指缝间溜了出去。自然并不喜欢被人窥探，她只喜欢我们成为供她娱乐的小丑和游伴。我们可以有打板球的地方，却没有一颗向我们的哲学提供的浆果。她也从不给我们直接击球的力量。我们的击球只不过是虚晃一拍，就是击中，也纯属偶然。我们相互间的关系也是拐弯抹角的、出乎意料的。

梦幻把我们交给梦幻，而幻觉是永无止境的。生活是由一连串的喜怒哀乐构成的，就如同一条珠串。在我们穿行而过的时候，它们又分明是一组五光十色的透镜，用各自的色彩把世界点染，而各自显示出的又只不过是焦点上的那一丁点东西。立足于山间，你看见的还是山。我们给我们能够赋予活力的东西赋予活力，我们看见的也仅仅是我们赋予了活力的东西。自然和书籍属于那些能看见它们的眼睛。一个人是否能看见夕阳或者一首好诗，这完全取决于他的心情。夕阳天天都有，天才也总是存在，然而只有少数宁静的时刻我们才能欣赏自然或批评。欣赏的多少仍取决于人的结构，或者气质。气质就如同穿珠子的那根铁丝。运气或才气对一种冷漠的、有缺陷的天性有什么用呢？如果一个人沉睡在椅子上，如果一个人哈哈大笑，咯咯傻笑，如果一个人在道歉，如果他染上了一种自大狂，如果他一心想着他的金钱，如果他不能靠食物过活，如果他在孩提时就有了一个小孩，如果有这些情况，谁还在乎他某时某刻表现出什么样的感受性或辨别力呢？如果构造过于凸出或者过于凹进，以致在人类生活的实际范围以内找不到合适的焦距，那么天才有什么用呢？如果一个人的大脑过冷或过热，那人又不大在乎结果，所以无法刺激他去实验，并坚持让他这样做，那么天才又有什么用呢？或者说，如果这张网被欢乐和痛苦织得过于精细、过于灵敏，以至于生命由于接纳得太多又没有适当的排遣，都变得委靡不振了，那么天才又有何用呢？如果同一个惯犯准备信守改恶从善的崇高誓约，那么起那些誓又有何用？当人们怀疑虔敬的感情暗地里依赖于一年的不同季节和血液的状况，那种感情还会产生多大的欢乐？我认识一位机智的医生，他在胆管里发现了神学，并时常断言，如果一个人的肝脏出了毛病，这人就会变成一个加尔文派教徒，如果他的这个器官健康完好，他就是一个神体一位论派信徒。勉强的经验很有禁锢作用，所以一些不相宜的过火行为或愚蠢行为断送了天才的诺言。我们看到一些年轻人，他们应该向我们奉献一个新世界，尽管他们慷慨许诺，然而却从未见他们还清债务；他们有的英年早逝，这笔账也就一笔勾销，有的如果还在人世，也已经随波逐流了。

气质也充分进入了错觉体系，把我们关进一座我们看不见的玻璃监狱里。对于我们遇见的每一个人，我们都有一种错视。实际上，他们都是具有特定气质的生物，这种气质将在一种特定的性格中表现出来，人们永远也越不过它的界限；但当我们注视着他们时，他们似乎又是活生生的；于是我们推测在他们体内还有一种搏动。此刻它似乎是搏动，但在漫长的岁月中，在人的一生中，它原来却只是八音盒的转筒所演奏的一种一成不变的调子。性情胜过时间、地点、条件所造就的一切，宗教的烈火也烧不毁它，这种结论人们在早晨还加以抵制，日暮时却又接受了它。虽然道德感情助长了某种改变，但个性却起着决定作用，它如果不是使道德判断具有倾向性，也就是规定了活动和娱乐的范围。

这种法则在日常生活的讲台上就是这样被宣读的，我就把它原原本本地表述了出来，不过不能不注意到最基本的例外，因为气质是一种能力，除了本人，谁都不愿意听到别人赞美它。在医学的讲台上，我们无法抗拒所谓的科学越来越狭窄的影响。气质将一切神威都打翻在地。我了解医生的思想倾向，我听见了骨相学家暗自发笑。理论上的绑架者和奴隶监管者将每一个人都看作是另一个人的牺牲品，因为那一个人了解这个人的为人法则，因此可以随意拨弄他，并且通过胡子的颜色、枕骨的斜度之类的毫无意义的迹象，就能对他的命运和性格了如指掌。最愚昧的无知也没有厚颜无耻的冒充博学那么令人生厌。医生们声称他们不是唯物主义者，但实际上他们就是——精神已被他们削弱得气若游丝——那么纤细！——然而精神的定义就应该是身为自己证据的东西。他们对于爱，对于宗教怀有什么样的看法啊！人们是不愿意将这些话讲出来让人听到的，因为这等于给他们提供机会来对它们亵渎。我曾目睹一位温文尔雅的绅士居然将话题对准了与之交谈的那位男子的头型！我曾设想生命的价值寓于它的各种谜一样的可能性之中，寓于这样的一种事实之中，即当我与一个新的个人讲话时，我从来都不知道我将来会遇到什么事情。我将自己城堡的钥匙都攥在手心里，随时准备将它们扔在领主的脚下，不管他什么时候，以怎样的伪装出现。我知道他就在这一带，混在一群流浪者中间。难道我要在一张高凳上就座，然后虔诚地将我的话题也转向各种的头型，从而葬送我的未来吗？当我真到了这一步时，医生们就会花上一分钱将我买下——“先生，病史；向本院的报告；可靠的事实！”——我根本就怀疑这些事实和这些推断。气质是性格中的相对否决权或限制力量，用来遏制性格中的一种对立的过火行为，非常正确，然而当作给原始公道设置的障碍，却十分荒谬。当美德在场的时候，所有从属的力量便进入梦乡。根据它本身的水准，或者考虑到天性，气质是决定性的。一个人一旦坠入所谓科学的罗网，我看此人就休想从这一系列必然的锁链中脱身。既然有了那样的胚胎，随之而来的就是那样的历史。在这样的讲台上如果一个人耽于声色，他很快就会自取灭亡。但创造力又绝不可能把自己排除在外。有一扇永不关闭的门通往每一种智慧，造物主就打那门里经过。理智，即绝对真理的追求者，或者感情，即至善的热爱者，插进来当了我们的救助者。我们挣扎着要摆脱这种梦魇，但徒劳无益，而这些崇高力量的一声低唤就把我们惊醒，我们将那梦魇投进它自己的地狱，再不能把我们自己局限在如此低劣的一种境地。

因为缺乏一连串的心境或目标，所以有虚幻之感。我们正想抛锚，但停泊处却是流沙。大自然这种变本加厉的恶作剧简直让我们难以忍受。夜里当我凝视着月亮和星星的时候，我似乎是静止的，而它们却好像来去匆匆。我们热爱实在，这就促使我们去寻求一种永恒，但身体的健康却在于运动，思维的健全在于变异或联想的敏捷。我们需要变换目标。为一种思想献身很快就会令人厌恶。如果我们与精神病人同住，就必须迁就他们，这样交谈就不复存在了。曾经一度我是这样喜爱蒙田，甚至认为我再不需要任何别的书籍了；然而就在此之前，我喜爱的是莎士比亚，然后是普鲁塔克，然后是普罗提诺，然后一度又是培根，在此之后，又是歌德，甚至是贝蒂尼。但现在我却是那样无精打采地翻着他们的书页，不过我仍旧珍爱他们的天才。不仅对书籍，对绘画也是这样，每一幅画都会受到一次重视，虽然我们很乐意将这样的欣赏再继续下去，然而它终究长久不了。当你把一幅画看够了，你就得离开它，并且你再也不会看它一眼，这样的体验对我来说再深刻不过了。有些画我看了以后无动于衷，或不置一词，但我还是从中吸取了有益的教训。对于一本新书或一桩新事的看法，即使是智者所发表的，也必须打一定的折扣，他们的这种看法把一些有关他们心境的信息，把对这一新的事实的某种模糊的猜疑透露给我，然而决不能相信这种看法就是智能同那件事之间的永久关系。孩子问：“妈妈，昨天你给我讲这个故事时我非常喜欢它，为什么今天就不那么喜欢了？”唉！孩子，即使最老的知识天使也是这样！但是能这样回答你吗：因为你是诞生给整体的，而这个故事却是一个细节！这一发现引起了我们的痛苦（就艺术和智能的作品而言，我们发现晚了），其原因就是从中低声发出的关于人，关于友谊和爱的悲剧的哀怨。

我们发现艺术具有顽固性，缺乏灵活性，我们发现艺术家也是如此，这使我们更加痛心。人的身上还没有发展的力量。我们的朋友早就以某种思想的代表的身份出现在我们面前，而这种思想他们从来不曾超越。他们站在思想和力量之洋的边沿，却从不肯向前挪动一步将自己带到那儿去。一个人就像一块晶石，你把它拿在手里转来转去，它没有任何光泽，直到你转到一个特殊的角度，它就显示出又深又美的颜色来。人不能随遇而安，也无法随机应变，但每一个人都具有他独特的才干。一个成功的人，他的优势就在于他能灵敏地把握自己在何时、何地最频繁地进行那种转动。我们做我们非做不可的事，还给它起了一个我们所能想到的最好的名字，并且很乐意接受这样的赞美：我们已经设计出随后产生的结果了。我想不起有哪一种人有时候还不显得多余。然而这不是很可怜吗？拿着性命当儿戏可不值得。

毫无疑问，需要整个社会提供我们所追求的那种对称。倘若斑驳的车轮想呈现出白色，它就得飞快地转动。我们与如此多的愚蠢和缺陷打交道，也学会了一点东西。总而言之，无论谁输，我们总是赢家。神性也掩藏在我们的失败和愚行的后面。孩童的游戏虽纯属胡闹，然而却是有教育意义的胡闹。最宏伟、最庄重的事物也是这样，商业、政府、教会、婚姻等莫不如此，甚至每一个人面包的来历以及他获得面包的手段也是这样。就像一只鸟从不肯在一处多歇会儿脚，总是不停地从一个枝头跳到另一个枝头，力量也从不会在任何一个男人或女人身上久留，它总是时而在这个人身上露露脸，时而又在那个人身上张张嘴。

但是这些华而不实或者迂腐不堪的东西有什么帮助呢？思想又能给什么帮助？生活不是辩证法。我想，最近以来的那些批评一无是处，我们从中汲取的教训已经足够了。我们的青年对劳动和改革，做了大量的思索和论述，但尽管他们连篇累牍地论述，却没有使世界也没有使自己前进一步。从智性上，品味生活并不能取代体力活动。如果一个人只是考虑把一片面包送下喉咙的美味，他就会饿死。在教育农场里，最高尚的生活理论压制了最高尚的青年男女的形象，因而显得死气沉沉，软弱无力。那种理论不会耙也不会叉一吨干草；它也不会将马梳洗得光滑发亮；它只会使男女青年脸色发白，饥肠辘辘。一位政治演说家讲得很风趣，他把我们政党的许诺比作西部的公路，开头雄伟壮丽，绿树夹道，吸引游人，然而很快就变得越来越狭窄，最后成了羊肠小道，盘上了一棵树。我们的文化也是这样，最后只会引起我们的头疼。有些人几个月前还被时代的承诺所发出的光彩搞得眼花缭乱，现在却感到生活是难以形容的悲哀和乏味。“现在伊朗人再也没有正确的行动方向，也再没有自我牺牲精神了。”我们已经尝够了反对和批评。每一种生活和行动的道路都遇到障碍。由于阻力无处不在，常识便由此推知它们无关紧要。

事物的整套结构都在鼓吹无关紧要的意识。再不要让思想把你自己搞得神魂颠倒，到什么地方忙你自己的事情去吧。生活不是智性的，也不是批判性的，它只是坚强的。对那些能享受自己的发现的各色人等来说，生活的主要优点是毋庸置疑的。自然憎恨窥探，而我们的母亲们一句话就表达了她们的感受："孩子，吃你们的东西，不要多说话。"把时光填满——这就是幸福；把时光填满，不为懊悔或赞同留一丝空隙。我们生活在表面，真正的生活艺术就是在上面熟练地滑来滑去。一个具有天赋力量的人，在陈规陋习之下也能获得他在最新世界里所取得的成功，只不过借助的是处事技巧。他在任何地方都能站住脚。生活本身是一个力量和形式的混合物，不过若是其中哪一方稍有超重，它都承受不了。充分利用时机，在旅途中每走一步都能发现旅行的目的，享受最多的美好时光，这就是才智。如果你愿意这样说：考虑到人生的短促，就不值得计较在这样短促的一段时间里，我们是在艰难地爬行，还是高高在上，养尊处优，说这话的不应当是普通人，而只应当是狂热分子或者数学家。既然我们的职责与分分秒秒都有关联，那就让我们分秒必争吧。现在的五分钟对我来说，跟下一个千年里的五分钟一样有价值。让我们现在沉着冷静，保持睿智和我行我素。让我们去善待那些男人和女人，就好像他们都是真正的人，或许他们就是这样。人生活在幻想当中，就好像双手虚弱而颤抖不止的醉汉，不能成功地做一件事。那是一场幻想的暴风雨，我知道的唯一能使它平静下来的办法就是关注此时此刻。在各种令人头晕目眩的炫耀和政治活动中，我丝毫不怀疑，我更加坚定了这样的信念：我们不应该拖延，不应该推诿，也不应该期待，我们只需在我们所在的地方充分享受，不论我们与谁交往，接受我们现实的同伴和环境，不管他们是怎样地卑微和丑恶，把他们看成神秘的使者，宇宙把它的一切快乐都托付给他们，好给我们传达。如果这些人自私而邪恶，那么他们的满足，因为是正义的最后胜利，所以就和心灵产生共鸣，它比诗人的声音和可敬人士的随意的同情更令人满意。我想，即使一个有思想的人如何遭受他的同伴的缺陷和荒唐的折磨，他也不可能毫不留情地否认任何一伙男人和女人对于超凡的优点的感受能力。如果粗人和轻薄的人没有同情心，他们却有一种优越的本能，于是他们就怀着诚挚的敬意用他们盲目、任性的方式来为之增光添彩。

优秀的年轻人都鄙视生活，但是对于我，对于像我这样的一些没有得消化不良症的人，对于那些认为日子稳当美好的人，那种轻蔑的样子和急需朋友只是一种过分的礼貌。由于同情心，我变得有点急切和多愁善感，但如果让我一个人独处，我将像咀嚼酒吧间里的老生常谈那样，尽情品味每一刻时光以及它带给我的东西，那就成了每日的家常便饭。我感谢小恩小惠。我同我的一个朋友交换意见，他期待着宇宙中的一切，每当什么事情稍欠完美时，他便大失所望，而我发现我却始于另一个极端，我无所期待，然而却总是对获得的适度的利益充满谢意。我接受了各种相反的倾向所发出的丁零当啷的撞击声。我也认为酒鬼和惹人厌烦的人对我有好处。他们给周围的画面提供了真实感，连转瞬即逝的大气现象也很难放过它。早晨我一觉醒来，看见的仍然是那个旧世界，老婆、孩子、母亲、康科德和波士顿、那可爱而古老的灵界，甚至那可爱的老恶魔也并不遥远。如果我们见了好东西就拿，不去刨根问底，我们的东西就会堆积如山。巨大的才华不是通过分析得到的。一切好东西俯拾即是。我们生命的中部地带是温带。我们可以钻进纯几何学和死气沉沉的科学的寥落的寒带，或者沉入感觉的寒带。在这两个极地之间是生命、思想、精神和诗的赤道——一个狭窄的地带。此外，在大众的经验中，一切好东西俯拾即是。一位收藏家向欧洲所有的画铺里窥探寻找普桑的一幅风景画和萨尔瓦多的一幅蜡笔画，但是《耶稣显圣容》《最后的审判》和《圣哲罗姆的圣餐》，以及其他一些和它们一样出类拔萃的绘画却在梵蒂冈、乌菲齐美术宫或者卢浮宫的墙壁上，在那里，每一个仆人都可以看见它们，更不必说每条街道上大自然的图画、每天日出日落的图画和永不消失的人体雕刻了。另一位收藏家最近在伦敦的一次公开拍卖中以 157 基尼买下了莎士比亚的亲笔签名，但是一个小学生却能分文不花地阅读《哈姆雷特》，并且能察觉出在那里尚未公开的最受人关注的事件的秘密。我想我除了下面这几本最普通的书外不会去看别的书——《圣经》，荷马，但丁，莎士比亚和弥尔顿。随后我们对这一览无遗的生活和星球感到很不耐烦，便四处奔波寻求一些秘密和阴私。想象力垂青印第安人、设陷阱捕兽者和猎蜂人的森林知识。让我们假设我们是一群陌生人，就如同野人、野兽和野鸟一样，在这个星球上并没有从本质上被驯化。然而排斥仍然影响到他们，影响到攀援的、飞翔的、滑行的、长着羽毛的和四足的人。狐狸和土拨鼠、鹰、鹬和麻，这些动物当你仔细观察它们时，它们在这个奥妙无穷的世界上同人一样，实在没有什么根底，仅仅是在这个地球表面上的一群栖居者而已。新的分子科学显示出原子与原子之间的天文间隙，显示出这个世界全是外部，而没有内部。

中部世界是最美好的。正如我们所知，大自然不是圣人。教堂的灵光，禁欲主义者，真图教徒和格雷厄姆的追随者，她都不会给予厚爱。她就是来吃、来喝、来犯罪的。她的宝贝们，伟大强壮而美丽，但都不是按我们的法律办事的孩子，他们不是从主日学校毕业的，不掂估食物的重量，也不严守清规戒律。如果我们要借助她的力量而变得强壮起来，我们就不可隐匿那种令人不快的从异族那里借来的良心。我们必须确立强有力的现在时态，来对付所有狂怒的流言蜚语，不管是过去的，还是将来的。有多少亟待解决的事还悬而未决啊——在着手解决期间，我们将仍旧一如既往。当这场辩论开始涉及商业的公平问题，并且在一两个世纪内不会结束的时候，新老英格兰还可以照管店务。人们还要讨论版权法和国际版权法，在此期间，我们将竭尽全力将我们的书卖出最好的价钱。文学的便利，文学的缘由，以及记录一种思想的合法性，也受到怀疑。双方都有很多话要说，当这场论战逐渐白热化的时候，你，最亲爱的学者，坚持你那愚蠢的工作，每隔一小时增写一行，甚至不时地增写一行。人们对土地拥有权和财产权争论不休，在连连召集会议、表决之前，先把你的花园刨掉，再把你的血汗钱当成不义之财花得妥帖、得体。人生本身就是一个泡影，一种怀疑论，一场酣睡。就算如此，就算将有更多更多的情况——而你，上帝的宠儿！留心你自己的美梦吧；嘲弄和怀疑主义不会把你漏掉，这种东西已经够了，待在你的小房子里劳作吧，直到其余的人一致同意怎样对待人生。他们会说你的疾病、你的微不足道的习惯需要你做这件事，避免做那件事，但是你要知道你的一生如白驹过隙，只是供留宿一夜的帐篷，你，不管有病无病，都得完成这个定额。你病了，但不会更糟，宇宙由于很器重你，一定会变得更好。

人类生活由两个因素构成，力量和形式，必须使比例保持不变，如果我们要使它愉快而惬意的话。其中任何一个因素的过剩，则会像它的不足一样，造成祸害。每一种事物都在趋于过度，每一种良好的品质，如果没有杂质，都是有害的，为了将危险带至毁灭的边缘，大自然使每个人的特质都过剩了。在那些农场中，我们将学者当作背信弃义的例子来举。他们是大自然表现的牺牲品。你若将艺术家、演说家和诗人看得太真切，从而发觉他们的生活不过同技工或者农夫的一样，认为他们不过是偏颇的牺牲品，外强中干，并宣布他们是失败者——不是英雄，而是狗熊——你就会合情合理地得出这样的结论：这些技艺都不是为人类服务的，而是一些瘟疫。然而自然是不会向你证实这一切的。不可抗拒的自然每天都在塑造着这样的人，以及千千万万这样的人。你喜爱认真读书的孩子，喜爱凝神注视着一幅画或者一个模型的孩子，但是千千万万的读书人和凝视者，除了是处于萌芽状态的作家和雕刻家，他们又是什么呢？给现在读书、凝视的那种品质再增加一点东西，他们就将会拿起笔和凿刀了。如果一个人回想起他开始成为一个艺术家时是多么幼稚，那么他就一定察觉出自然同他的敌人沆瀣一气了。人是一个不可能实现的金色的梦。他必须走的路真是毫发不爽。智者超出智慧一步就会变成愚人。

如果命运允许，我们就会轻而易举地永远保持这些美好的界限并彻底调整我们自身，使我们顺应于已知的因果王国的精确计算。在大街小巷里，在报纸杂志上，生活好像是一种简单明了的事情，所以，只要在任何情况下刚强果断，照章办事，就会稳操胜券。但是注意！很快就会有这么一天，或者只有半个小时，像天使一样悄声细语，便推翻了天下千年的结论！第二天一切事物仍旧显得那么实际而生硬，惯常的标准又恢复了原状，常识像天才一般稀罕——它是天才的基础，而经验则是每一项事业的手和脚；然而谁如果根据这种条件办事，谁会很快失败。力量走的不是抉择和意志的康庄大道，而是另外一条道路，即地下的、隐形的生活渠道。荒谬绝伦的是我们还是一群外交家、医生和考虑周全的人，再没有像这样容易受骗的人了。生活是一连串的出其不意，如果它不是这样，那就不值得我们去杀生或保命了。上天喜欢每天孤立我们，将过去和未来藏起来不让我们看见。我们总要四下里寻找，他却彬彬有礼地在我们面前和身后分别拉下一幅穿不透的、最纯的天幕，“你不会有记忆，”他似乎在说，“你也不会有希望。”所有精彩的谈话、优雅的风度和正义的行动都来自一种忘记惯例并要弘扬当前的自发性。大自然讨厌老谋深算之徒；她的方法是突如其来、心血来潮的。人随脉搏的跳动而生存，我们的有机运动也是这样；各种化学的和以太的力量起伏交错，思想在斗争中前进，没有一阵阵突发就不会兴旺发达。我们的兴盛全靠偶然。我们主要的经验都是出于偶然的。最引人注目的一类人都是一些善旁敲侧击而不是单刀直入的人，他们是一些天才，不过还没有得到认可，人们不必付出过高的代价就能享受到他们光芒的欢乐。他们的美是百鸟之美，晨光之美，不是矫揉造作之美。天才的思想中总有惊人之处，道德感情被恰当地称作“新事物”，因为它从来就不是别的什么，对于最老的智者和小孩子都是一样新奇。“神的国来到，不是眼所能见的。”同样的，对于实际成果，也不可费尽心机。一个人在做一件他能做得十全十美的事时，是不会被注意到的。一定有某种魔力附着于他的最出色的行为中，使你的观察力麻木不仁，因此，即使这样的行为就在你的面前发生，你都全然不知。生活的艺术有一种羞怯，不愿暴露出来。人没有生下来，他就是一件不可能的事；我们没有看见成功，每件事也是不可能的。虔敬的热情最终同最冷静的怀疑主义殊途同归——什么都不属于我们或我们的工作，一切都属于上帝。大自然连最小的月桂树叶都不肯通融给我们。一切作品，一切的行为和所有事物莫不是出自上帝的恩典。我很愿意讲道德，决不肯越雷池一步，因为我对它非常珍爱，而且还让大部分服从人的意愿，然而在这一章里我下定决心要讲诚实，到最后，不管是成功还是失败，除了从上帝那里提供来的或多或少的生命力，我什么也看不到。生活的结果没有被预计出来，也是预计不出来的。经年累月所教的东西是寥寥数日里不可能学到的。那些和我们交往的人谈天说地，来来去去，计划、实施许多事情，这一切多少引起了一个结果，然而却是一个出人意料的结果。个人总是有差错，他曾计划了许多事，还把别人拉来当副手，同一些人或所有的人产生争执，错误没有少犯，最后做成了一点事；一切都有所长进，而个人总是有差错。结果反而是一些与他的期望大相径庭的新东西。

古人深感人的生命的基本要素难以算计，便将预见不到的事物拔高为一种神；但这就意味着要在这束小小的火花旁裹足不前，这火花倒确实在一处闪闪发光，殊不知整个的宇宙靠着这束火花潜在的热量就变得温暖如春。生命的奇迹不可解释，但生命永远是个奇迹，所以它就引进了一种新的因素。我想，埃弗拉德·霍姆爵士注意到在胚胎的成长中，发育不是从一个中心点而是从三个或者更多的部位共同进行的。生命没有记忆。那延续不断的东西也许可以不致被遗忘，然而那共存的，或者从一个更深沉的起因中迸发出来的东西，由于还远远没有意识，所以不了解自身的倾向。我们的情况也是这样，我们时而怀疑一切，或者没有统一，是由于我们沉湎于似乎都具有同等而又敌对的价值的形式和表象中，时而又笃信宗教，尽管我们在接受精神法则。耐心等待这些心智的恍惚，耐心等待这些部位的同步增长；总有一天它们将成为器官，服从于一个意志。它们把我们的注意力和希望都钉在那个意志、那个秘密的起因上。生命由此就被化为一种期望，或者一种宗教。在杂乱无章的细节下面隐藏的是一个音乐般和谐的完美，那是总在伴随着我们游历的理想，那是没有一丝裂缝的天空。务必注意我们的启蒙方式。当我同一个学识渊博的人交谈时，或者当我一个人独处时，我总是有些很好的想法，但我并不立刻感到满意，这就像我渴了的时候喝水、冷了的时候烤火不会顿时解渴、回暖一样。不会的！我首先获悉我接近一个新的美好的生命区域。通过我坚持不懈地读书或思考，这个区域显示出它本身更为深远的迹象，就像它是在闪光之中，突然发现了它的深沉的美丽与宁静，就像笼罩着它的云雾每隔一段时间就散开，把里面的群山显露给渐渐走近的旅行者，山脚下绵延的是一片宁静无边的草地，草地上羊群在悠闲地吃草，牧羊人又是吹笛，又是跳舞。然而人们觉得从这个思想领域来的每一种见解只是一个开端，后面显然还有接续。这不是我造出来的，我只是到了那里，看见了已经在那里的一切。是我造的！不！当这种雄伟壮丽的景象第一次展现在我面前时，我像孩子似的惊喜交集，拍手叫好。那种景象承受了万古千秋的敬爱，显得苍老，又因为充满了生命的生命，那大漠中阳光灿烂的麦加，则显得年轻。它展现了一个多么美好的未来！我感觉到一颗与往常不同的心，由于对新的美的热爱，在激烈地跳动着。我准备驾鹤西游，继而再生到那我在西部发现的全新而不易接近的美利坚：

> 既非始于现在，又非始于昨天。
> 这些思想，古已有之，就连发现一个知道它们来历的人也不可能。

如果我已经把生命描绘为一系列情绪的波动，那么现在我还得说明在我们身上还有一种心情，它固定不变，却将所有的情感及心态都加以编排。每个人所具有的意识都是一把计算尺，时而把他看成“初始因”，时而又把他看成他自己肉体的肌肤；生命之上还有生命，无穷无尽。产生这种生命的感情决定着任何一种行为的尊严，问题不是你干了什么或者没有干什么，而是你奉了谁的命来干或者不干的。

命运女神、密涅瓦、缪斯、圣灵——这些都是古雅的名字，但都太狭隘，不足以覆盖这无限的物质。大惑不解的智力一定仍然跪倒在这拒绝被命名的起因之前——这无法表达的动因，每一个出色的天才都试图用某种有力的象征表示出来，如，泰勒斯用的是水，阿那克西米尼用的是气，阿那克萨哥拉用的是（奴斯）思想，琐罗亚斯德用的是火，耶稣和现代人则用的是爱。每一种隐喻已经变成一种国教。中国孟子的概括也不可等闲视之。“我知言，”他说，“我善养吾浩然之气。”——“敢问何谓浩然之气？”他的同伴问道。“难言也，”孟子答道，“其为气也，至大至刚，以直养而无害，则塞于天地之间，其为气也，配义与道，无是，馁也。”——在我们的更为准确的著述中，给这样的概括取名为“存在”，从而承认我们已经到了山穷水尽的地步。为了取悦天地万物，我们现在并不是遭一墙堵路，而是立于汪洋大海之滨，这就够了。我们的生命与其说是现在的，不如说是未来的。似乎不是为了消耗生命的种种事务，而是作为这种浩然之气的一点暗示。大部分的生命似乎仅仅是能力的广告，把信息提供给我们，并不是要贱卖我们自己，而是要证明我们非常伟大。因此，在细节上我们的伟大存在于一种倾向里，而不是一次行动中。我们应当相信规则，而不是例外。高尚者由此便同卑贱者区别开来。因此在我们接受感情的指引时，成为地球历史上重要事件、首要事实的并不是我们所信仰的关于灵魂不灭之类的东西，而是那要信仰的普遍冲动，那么我们可否把这种动因说成直接起作用的东西呢？精神并非无能为力，也不需要一些调停机构。它具有充分的能力和直接的作用。我不用解释自己，就已经被解释清楚了，我没有行动，就已经被感觉到了，而且在我并未涉足的地方。因此所有正直的人都满足于他们自己的赞扬。他们拒绝解释自己，只是满足于那些新的行动会替他们尽那种职责。他们相信我们不仅不需用语言，而且可以超越语言来传递信息，凡是正确的行动，总会对我们的朋友产生影响，不管他们距离我们有多远；因为行动的影响大小不是以英里来衡量的。因此，如果发生了一件事，使我不能如期出席聚会，我为什么要感到烦恼呢？即使我没有到场，那么我身在异地也应该同我亲临现场一样，有助于促进彼此的友谊和智慧的交流。我在所有的地方都发挥着同等的影响。因而那伟大的理想总是在我们前方旅行；它从来就不曾落在我们身后。除非一个人获得的好经验预示着下一个更好的经验，否则他永远也不可能获得十分满意的经验。向前，再向前！在自由的时刻，我们知道生活与职责的一幅新的图景是有可能的，因为有关生命学说的基本原理已经在你周围的许多人的心灵中扎了根，而这一学说是我们已有的任何一种书面记录所无法表达的。新的陈述不仅包括社会的信仰，而且包括怀疑主义，而一种信条一定会从各种不信中形成。因为这些怀疑主义既不是毫无根据的，也不是非法的，而是对肯定陈述的一些限制，那么新的哲学必须把它们吸收进来，并做出超越它们的断言，正像它所必须容纳最古老的信仰一样。

我们已经发现我们的存在，这一发现十分不幸，但已为时太晚，无法补救。这个发现被称为“人类的堕落”。从此以后我们就一直在怀疑我们所用的工具。我们得知我们并不是直接看见的，而是间接看见的，我们没有办法去矫正这些带色的、使物体变形的透镜，因为我们就是这些透镜，也没有办法估计这些透镜有多少差错。也许这些主体式透镜具有一种创造力，也许根本就不存在什么客体。过去我们生活在我们所看见的事物中，而今这股新的势力却贪得无厌，气势汹汹地要并吞一切事物，把我们吸引住了。自然、艺术、人、文学、宗教——都是客体，接二连三地闯了进来，上帝只不过是这种力量的一个概念而已。

自然和文学是主观现象；每一种恶行和每一件善举都是我们所投下的影子。对骄傲自尊者来说，街道上充斥着羞辱。纨绔子弟总是想方设法让他的代理穿上他规定的制服，立在餐桌旁服侍他的客人。同样，那懊丧的心情所释放出的委屈本来像气泡一样，此刻却立即化为街上的绅士淑女、商店里的店员、酒吧间的招待，并且威胁或侮辱我们身上可被威胁的或可被侮辱的东西。我们的盲目崇拜又何尝不是如此。人们忘记了是眼睛创造了眼界，将某一个人造就为人类的典型或代表，并冠之以英雄或圣徒美名的就是那把一切变圆的心目。“上帝的使者”耶稣，便是大家所公认的那些视觉法则能在其身上生效的一个善人。一方面通过爱，另一方面通过宽容，一度相沿成习：我们要在视界的中心看他，并将那些将会附加到被这样看到的任何一个人身上的特性都归于他。然而最长久的爱或憎都有一个很快的期限。扎根于绝对天性中的伟大、成长的自我，取代了所有相对的存在，并将人间的友谊与爱的王国也一并摧毁。由于每一对主客体间的不平等，联姻（指在所谓的精神世界中的）是不可能的。主体是上帝神性的接收者，并且在每一种比较中必须感到被那股隐藏的力量所增强。这种物质的供应虽然不用力量，但是通过身临其境就能被感觉得到；任何一种智力也不能将在主体身上要么长眠要么永醒的特有神性归咎于客体。爱也永远不能使意识和认定势均力敌。在你我之间存在着一条鸿沟，跟原物与图画之间的鸿沟完全相同。宇宙是灵魂的新娘。所有发自个人的同情都是局部的。两个人就如同两只球，两球接触仅在一点，而且在它们保持接触时其余各点是没有活动能力的；但其余各点接触的机会也一定会轮到，一次结合持续的时间越长，没有结合的各个部分得到的亲和力就越多。

生命可以被反映出来，然而却不能被分割，也不能被加倍。侵犯它的统一就是混乱。灵魂不是双胞胎，而是独生子，虽然最后它显露自己是个孩子，外表上是个孩子，但它却具有一种决定命运的万能的力量，不允许共生同活。每一天，每一个行动都在暴露着那掩饰得不好的神性。由于我们不相信旁人，我们就信任自己。我们宽以待己，有些东西出现在别人身上时我们就斥之为罪恶，但对我们自己却成了实验。人们绝不会把罪恶说得像他们所想的那样轻巧，或者每一个人都为自己设想了一个安全地带，绝对不容别人涉足，这就是我们信任自己的一个例子。这种行动从内部看跟从外部看大不一样，其实质和后果也迥然不同。谋杀在谋杀者看来并不如诗人和传奇作家所认为的那般具有灾难性，它并不会搅得行凶者心神不宁，或者吓得他六神无主，连平常留心一些琐事都办不到。谋杀谋算起来是一桩轻而易举的行动，然而一旦成为现实，所引起的后果却是亲友的一片惶恐、吵闹与混乱。尤其是那些起源于爱的各种罪恶，在当事人看来似乎既正当又合理，然而事情一旦做下，才证明对于社会危害极大。不过到头来没有一个人相信他会因此而完蛋，或者他所犯的罪会如重罪犯的那般心狠手辣。因为在我们自己的案例中，智能限制了道德审判。对于智能来说，罪恶是不存在的。它是对抗法律或凌驾法律的，它不仅评判事实，而且鉴定法律。“它比犯罪还糟糕，它是一个大大的错误。”拿破仑这样说，用的就是智能的语言。对智能来说，世界就是一道数学题或数量科学，它不考虑赞扬、谴责及一切软弱的情感。一切的偷窃行为都是比较而言的。如果你要绝对化，那么，请问谁能不偷呢？圣徒们之所以感到悲哀，是因为他们不是从智能而是从良心的角度来看罪恶（甚至在他们沉思的时候也是这样）。这是一种思想的混乱。罪恶，从思想的角度来看是一种减少，或者更少；从良心或意志的角度来看，它是一种腐败或者邪恶。智能把它称之为阴影，没有光明，没有实体。而良心却感觉得到它是实体，本质上的恶。其实它并非如此，它有一种客观存在，却没有主观存在。

这样，宇宙便不可避免地染上我们的色彩，每一个客体都相继进入主体本身。主体在存在，主体在扩大，万物迟早会各就其位。我存在，所以我能看见，无论用我们愿意用的什么语言，我们能说的只能是我们是什么。赫尔墨斯、卡德摩斯、哥伦布、牛顿、波拿巴，他们都是心灵的创新者。当我们邂逅一位伟人时，我们不要自惭形秽，就让我们把这位初来乍到者当作一个云游四方的地质学家来对待，他经过我们的庄园，在我们的灌木草场里指给我们看上好的板岩、石灰岩或者无烟煤。每一个强有力的心灵在一个方面的局部行动有如一架对准了物体的望远镜。但是有关其他方面的每一种知识，在灵魂达到她充分的圆满之前，都要被推向同样的过火境地。你可看见过那只小猫顽皮地追逐自己的尾巴？如果你能用那只猫的眼睛来观察，你也许会看见她周围有数百人在演一出出情节复杂的戏剧，有悲欢离合，有冗长的对话，有众多的人物，有沉浮不定的命运——而与此同时，那只不过是猫和她的尾巴而已。要过多久我们的化装舞会才会终止手鼓的繁响、人们的狂笑和呼喊，我们才可以发现这原来是一场冷冷清清的演出——一个主体和一个客体——要使电路完成颇费周折，然而电流量却增加不了任何东西。不管是开普勒和他的天体，还是哥伦布及其美洲大陆，还是读者和他的书籍，抑或是猫和它的尾巴，这都能意味着什么呢？

的确，所有的缪斯、爱和宗教信仰都憎恨这些发展，甚至还要想办法去惩罚那个化学家，因为他在会客室里将实验室的一切秘密都公之于众。我们看见事物具有我们个人的面貌，或者渗透了我们的情绪，这是我们气质上的需要，对此我们也不能过于轻描淡写。然而上帝是土生土长在这些荒岩中的。那种需要使自信成为道德中的首要优点。我们必须死死守住这份贫困，不管它是多么令人反感，我们必须奋发图强，行动果断，方能把我们的轴把握得更紧。真实的生活是冰冷的，迄今还是令人悲伤的，然而它绝不是眼泪、后悔和烦乱的奴隶。它并不试图夺取别人的工作，也不利用他人的事实。将你自己的事实同他人的区别开来，这是智慧的一个主要教训。我知道我不能处理他人的事实，然而我却拥有一把能打开我自己的事实的钥匙，它能使我不信别人的一切否定，他们一定也有一把能打开他们自己的事实的钥匙。一个富有同情心的人处在这样一个游泳者的困境之中：他四周的人都有灭顶之灾，他们都拼命要抓住他，如果他伸过去一条腿或者一根指头，他们就会把他拉下水去。他们都想获救，脱离他们的恶行的危害，而不是脱离他们自己的恶行。博爱精神也许会浪费在对症状的无聊的服侍上。一个英明果断的医生会说一句“走开”，来作为咨询的首要条件。

在我们这个喜欢讲话的美国，我们被自己善良的天性及兼听八方的习惯毁了。这样的依从使得我们没办法有大的作为。一个人只能正视前方，不应当左顾右盼。全神贯注就是对别人缠扰不休的轻浮举动做出的唯一回答，这种专注，目的是使他们的要求显得无足轻重。这就是一个绝好的回答，不容上诉，不容烦神去想对策。在弗拉克斯曼为埃斯库罗斯的《报仇神》所作的一幅插图中，俄瑞斯忒斯在哀求阿波罗，而复仇女神们则倚在门槛上睡觉。阿波罗神的脸上掠过一丝遗憾与同情，但由于他深信两种地位水火不相容，因而又显得平静而安详。他天生要从事其他的政治，致力于永恒和美丽的事物。那跪在他脚下的人请求他能照拂尘世间的骚乱，那是他的自然神力所不能及的地方。躺在一旁的复仇女神则形象生动地表现了这种迥异。阿波罗神显然已负载了过多的神圣的命运。

幻想、气质、连续性、表面、诧异、实在、主观性——这些都是时间这部织机上的线，这些又是生活的主宰。我不敢贸然将它们定级排队，而只是按我所看见它们的顺序一个个地给它们命名。我尚有自知之明，不至于宣称我的画已臻完美。我是一个碎片，而这却是我的一块碎片。我可以信心十足地宣布某一个法则，因为它把自己表现得十分突出，然而我年纪太轻还不能编制法典。我闲谈这永恒的政治，权当我的定时祈祷。我曾见过许多美丽的画，显然没有白看。我度过了一段美好的时光。我现在已不是当年十四岁的那个少不更事的人，也不是七年以前的情况。谁想问就问吧：成果在哪里？我发现一个个人成果，这就足够了。这成果就是——我再不需要向沉思、向商讨、向蜂拥的真理索求一个草率的效果了。要求一种对本镇本县产生影响的效果，一种对本月本年有明显作用的结果，我觉得这是可怜的。结果是深奥而持久的，就像原因一样。它在人生不复存在的时期起着作用。我只知道接纳；我既然存在，我就该拥有，但我并未赢得，当我想着我赢得过什么的时候，我发现并未赢得。对伟大的命运女神，我又惊讶又崇拜。我的接受能力如此之大，所以我还没有因为把某种东西接收得太多而感到烦恼。我对守护神这样说，一不做，二不休，还望他能宽恕这样的谚语。每当我得到了一件新礼物，我从不会自寻烦恼去将这笔账结清。因为，如果我一命呜呼，我就无法把这笔账结清。利益从一开始就超越了价值，从此以后便一直如此。所谓的价值本身，我认为是接纳的一部分。

此外，那种对明显或者实际效果的渴求对我来说似乎是一种变节。我巴不得省去这种毫无必要的做法。在我看来，生活具有一张虚幻的面孔。最艰难、最粗笨的行动也是虚幻的。那只不过是平静温柔的梦与骚动不安的梦之间的一个选择罢了。人们总是轻视认知与智性生活，而极力主张实干。我倒很满足于认知，只要我能够认知的话。那是一种庄严的乐趣，会在很长一段时间内满足我的需要。获取点滴的知识就是耗费今生今世也值得。我总是听到阿德拉斯提亚的律法：“凡是获得了真理的灵魂直到下一次运行的开始，都可免受伤害。”

我知道我在城市、在农场里与之交谈的世界并不是我所思想的那个世界。我注意到了这种区别，并且还要注意下去。总有一天我会认识到这种差异的价值与规律。然而我尚未发现很多东西是从千方百计企图实现思想世界的尝试中获得的。许多志士仁人前仆后继用这种办法实验，结果反而使自己显得荒唐可笑。他们获得了民主的生活方式，他们的嘴角泛起白沫，他们既憎恨一切又否认一切。更为糟糕的是，我注意到在人类的历史上连一个成功的例子都没有——通过他们自己对成功的检验。我这样说是为了驳斥，或是作为对以下这个问题的回答："为什么不去实现你的世界？"但我绝没有那种以微不足道的经验主义来预先判断规律的绝望情绪——因为没有成功就谈不上努力的正确。坚持，再坚持，我们最终会获得成功。我们一定要对时间因素的欺骗性保持怀疑的态度。吃饭、睡觉、赚钱占去了大部分时间，只留下很小的一部分供我们心存期望与洞悉，而这才是我们的生命之光。我们整花园，进餐饭，同妻子商量家务，这些事情没有留下任何印象，在下一周就被忘得一干二净；然而在那每一个人都将回归的孤独寂寞之中，他心清智明，豁然开朗，这就是他进入新世界时会具备的情况。不要在乎嘲笑，不用担心失败，振作起来，苍老的心——它似乎在说——一切的正义总会胜利；这个世界之所以存在，就是为了实现一种真正的传奇，而这种传奇将会把天赋转换为实际能力。

性格

太阳可以落，他的希望永不落；

星星升起来，他的信念升得更加早。

他的目光紧盯着茫茫的银河，

显得更加深沉，更加古老，

时间总是默默无言，

呼应着他崇高的磨难。

他说话言辞比细雨还轻盈，

又带回黄金时代的盛景；

他的行为赢得了无限敬仰，

使一切功绩都黯然无光。

他手里干过的工作，
他不懊悔也不夸赞，
事实自会替自己说话；
如同永不悔改的大自然，
把她的每个行动都要留下。

我从书报上读到：那些听过查塔姆勋爵讲话的人感到他个人的魅力比他讲的任何东西还要优美。有人抱怨英国的那位才华横溢的法国革命历史学家，说他把关于米拉波的所有事实讲完了，可是这些事实并没有证实他对这位天才的评价言之有理。在普鲁塔克的英雄录中，有关格拉古兄弟、亚基斯、克里奥米尼等人的事实记载与他们的名声也不相称。菲利普·锡德尼爵士、埃塞克斯伯爵、沃尔特·罗利爵士都是名气很大，业绩甚少的人物。在关于华盛顿功绩的记述中，找不到一丁点他个人的力量。就席勒的著作而言，也有些名不符实。这些名声与作品或逸事不符的情况不是雷声大、雨点小这样一句话就能理解清楚的。真实情况是这些人身上的某些品质产生了一种期望，胜过了他们的一切作为。他们绝大部分的力量都是潜在的。这就是我们所谓的“性格”—— 一种保留的力量，直接靠风度起作用，而不靠什么手段。人们把它想象为一种无法证明的力量，一种“精灵”或“守护神”，人受它的冲动的指引，却无法传达它的计划。它是人的伙伴，所以那样的人往往落落寡欢，或者，即便他们碰巧生性合群，也并不需要交往，而只是自得其乐。最纯正的文学才华，在一个时期显得伟大，过一个时期又显得渺小，然而性格具有一种太阳那样无法减灭的伟大。别人的成就就是靠才华或口才取得的，而此人则靠某种魅力来完成。“他一半力量都没有发挥出来。”他的胜利的取得靠的是显示优势而不是大动干戈。他之所以能征服，是因为他的到来就能使事态改观。“‘伊俄勒啊！你怎么知道赫拉克勒斯是一个神？’伊俄勒答道：‘我一看见他就感到满意，我看见忒修斯时，我希望我可以看见他进行了挑战，或者至少策马进行战车比赛；可是赫拉克勒斯并不是等着比赛；不管他是站，是走，是坐，还是干什么事情，他都能取胜。”人一般是事件的点缀，只有一半寄托在他所生活的世界上，而且还非常笨拙。所以在这些事例中，他似乎分享着事物的生命，是那些主宰潮汐、太阳、数和量的同一法则的不同表现。

然而为了讲得更为到家起见，我要说一个朴实的例子。我注意到在我们的政治选举中，这种因素如果出现，就只能以最粗劣的形式出现，只有这样我们就能充分理解它无与伦比的价值。人们知道，他们在自己的代表身上所要求的不仅仅是才华，他们需要的是使他的才华得到信赖的那种力量。他们不能给国会送去一个博学敏锐、口若悬河的发言人就算大功告成，如果他不是这样一个人，人民还没有指定他去代表他们之前，他就被全能的上帝指派去代表一件事实——因为绝对相信他身上的那件事实——这样，那些最狂妄、最暴烈的人也知道这里有股厚颜和恐怖都攻不下来的抵抗力，也就是说，有一种对事实的信仰。那些在争论中战胜对方的人用不着询问他们的选民他们应当说些什么，而他们自己就成了他们所代表的那个地区：地区的感情和见解在哪里都没有在他们身上表现得那么及时和真实，在哪里都没有那样纯洁，决不沾染别人灌输的私心杂念。选民在家里倾听他们的讲话，注视他们的面孔，在那里就像对着一面镜子修饰起自己的面容来。我们的公共集会是对这种雄伟的力量的最好检验。我们西部和南部的坦率的同胞最感兴趣的就是性格，他们想知道：新英格兰人是一种结实的人呢，还是一种不堪一击的人？

同样的动力也表现在贸易中。不仅战争、国家、文学中有天才，贸易中也有天才。为什么某个人幸运，其实没有什么道理好讲。道理就在那人身上，任何人只能给你这样说。看见他，你就会很容易知道他成功的原因，就像看见了拿破仑，你就会很容易明白他的运气一样。在新事物中，我们通过别人的知觉认出了那老把戏，那种面对事实而不加以处理的习惯。你一看见那天生的商人，你就觉得大自然好像认可了贸易，因为他与其说像一个私人的代理人，还不如说是大自然的代理商或商业部长。他天生诚实，又有眼力，二者结合在一起就构成了一个社会组织，这就使他不屑于耍花招，而且把自己的信念传播给大家：契约不由私人解释。他的思想习惯就是天公地道的标准和大众利益的证明；他令人敬仰，谁都想跟他打交道，一方面是为了他所具有的文静的荣誉精神，另一方面是为了那横溢的才气所提供的精神享受。这种无限延伸的贸易，由于把南太平洋的海峡变成它的码头，把大西洋的海面变成它熟悉的港口，所有这些只集中在他的脑海里，世界上没有一个人能动摇他的地位。今天早上在他的客厅里，我清楚地看见他一直在苦干，眉头紧锁，脾气如旧，这是他想显得彬彬有礼的努力所摆脱不了的。我清清楚楚地看到他完成了多少坚定的行动；今天已经说了多少勇敢的“不”。

要是别人，就会说出灾难性的“是”。我看见那种当一名世界原始法则的执行者和玩弄者的意识，具有艺术的尊严、高超的算术技巧和纵横捭阖的能力。他也相信没有人能够取代他，一个人必须天生就是从事贸易的料，否则他是学不会的。

这种长处如果出现在目的比较单一的行动中，就更加能够吸引人。它在人数最少的伙伴中或在个人关系中工作的劲头最足。在任何情况下，它都是一种异乎寻常、无法估量的力量。过火的体力会被它搞瘫痪。高尚的天性通过某种催眠作用压倒低劣的天性。才能被禁锢起来，无计可施。也许这就是普遍规律。如果高不能使低就范，索性就把它搞麻木，就像人用魔法解除低等动物的抵抗那样。人们相互在对方身上施加一种类似的玄妙力量。一位真正的大师的影响往往使一切魔法故事显得逼真可信！一条统摄万物的河流似乎从他的眼睛里流进所有注视他的人的心田，一股强烈的悲光的激流像一条俄亥俄河或多瑙河一样，把他的思想渗透给万物，使一切事件染上他的思想色彩。

“你用的是什么办法？”这是孔奇尼的妻子所问的关于她丈夫对待美第奇的玛丽的问题。回答是：“只不过是坚强的心灵对软弱的心灵的那种影响罢了。”难道戴着镣铐的恺撒就不能把镣铐脱掉，转戴到监狱看守希波或思拉索的手脚上？难道手铐是一种不可改变的桎梏？假如几内亚海岸上的一个奴隶贩子应当把一群奴隶装上船，可是那艘船竟然把图森·路维杜尔那种类型的人装了上去，或者，让我们想象一下，他装上船的是一帮被镣铐束缚着、戴着这种黑色面具的华盛顿。当他们到达古巴时，船上人员的秩序是否还是一样？难道除了绳索镣铐之外什么都没有？难道没有敬爱之情？难道在一个可怜的奴隶贩子的心灵里永远没有一丝正义之光？难道这些人就不能打碎镣铐，不能逃跑，或者采用任何手法战胜一两英寸铁环的束缚？

如同光和热一样，这是一种自然力，整个大自然都在与它合作。为什么有的人的风度我们能感觉到，有的人的风度则感觉不到，原因就像引力一样简单。真理就是存在的巅峰，正义就是把真理在具体事务上的运用。一切单独的自然现象，按照它们的成分的纯洁性排在一个系统里。纯洁的意志从它们自身流向别的自然现象，就像水从高处流进低处一样。

这种自然力跟其他自然力一样，都是不可抗拒的。我们可以把一块石头向空中扔去，然而实际情况是所有的石头最终都要落下来；我们还可以举一些别的例子，如盗窃者逍遥法外，谎言有人相信之类，但正义必定胜利，真理的特权就是让人相信并服从它。性格就是通过一种个别的自然媒介所体现出的道德秩序。一个个体就是一个包围者。时间与空间，自由与必然，实际和思想，都不可能再自由放任。现在，宇宙就是一个无边的围场或围栏。人身上存在的一切莫不沾染他灵魂的色彩。不管他身上有什么品质，他都要灌输到他力所能及的一切自然中去；他也不想把自己湮没在浩瀚无垠之中。然而，不管经过多曲折的路线，他的一切关注最后都回到他自己的利益。他激励了他力所能及的一切，而且能看见的也都是他所激发起的东西。就像爱国者包围了他的祖国一样，他把世界包围起来当作他性格的一个物质基础，当作一个演出的剧院。一个健康的灵魂跟正义与真理步调统一，就像磁铁与磁极保持一致一样。这样，在一切观察家看来，他就是他们和太阳之间的一个透明物体，谁朝太阳走去，谁就必将向他走去。这样，对于一切不在同一水平线上的人来说，他就是他们最高影响和媒介。所以，有性格的人就是他们所属的社会良知。

衡量这种力量的唯一自然标准就是环境的抵抗力。不纯洁的人把生命就看成反映在见解、事件和人物中的那个样子。行动完不成，他们是看不见的。然而行动的道德因素事先就在行动者身上存在，它的是非性质并不难预测。自然界的一切都是双极的：有一个正极和一个负极，有男性和女性，有精神和事实，有南方和北方……精神为正，事件为负；意志是北极，行动是南极。可以把性格的天然位置看成北方，它具有这个体系的磁性流。软弱的灵魂则被吸向南极或负极。他们的眼睛紧盯着行动的利害。他们从来不顾原则，除非它已经被接纳在一个人身上。他们不知爱人，只希望被人爱。有一类性格喜欢听到他们的缺陷，另一类性格又不喜欢听到缺陷。他们崇拜事件；紧紧抓住一件事实，一个关联，一连串的情景，就再也不顾别的了。而英雄明白事件是附属物，必须听从他。一种既定的事件秩序无法使他得到想象中的那种满足；善的灵魂逃避任何一组事件，而成功却属于某个心灵，并愿意把那种就是它的天然成果的力量和胜利引进任何一种事件序列。任何事件的变化都不能补救性格的缺陷。我们扬言我们摆脱了许多迷信；然而，如果我们已经打碎了一些偶像，那只不过意味着偶像崇拜转移了而已。我们再宰公牛祭乔武、涅普顿，不再杀老鼠祭赫克忒；我不在复仇三女神、天主教的炼狱或者加尔文主义的最后审判日前发抖……如果我听到意见，或者我们所谓的舆论，或者面对攻击的威胁、谩骂、恶邻、贫困、残疾、革命或者谋杀的谣言而发抖，那我有什么长进呢？如果我发抖，我面对着什么发抖又有什么关系呢？我们特有的恶按照性别、年龄或人的气质表现出某种形式，如果我们会产生恐惧，它就随时会发现恐怖。贪婪或狠毒使我痛心，当我把它归咎于社会时，却忽略了一个事实：我总是被我自己包围着。另一方面，正直是一种永久的胜利，庆祝它的不是欢呼，而是宁静，而宁静却是固定的或习惯性的欢乐。为了证实我们的真理和价值而投入事件的怀抱是可耻的。资本家并不是时时刻刻都跑到经纪人那里去把他的利益铸成流通的国币；他却满足于在市场行情报告中读到他的股票已经看涨。最好的事件以最好的秩序发生，这会使我喜不自胜，我了解我的地位时时刻刻都在改善，而且已经在支配我所希望的事件，所以我必须学会以更纯粹的方式来体味狂喜。那种狂喜只会被对一种事物秩序的先见之明制约，因为这种先见之明非常高明，可以使我们的一切成功都黯然失色。

性格所显露出的最好面目在我看来就是自给自足。我敬重有钱人；因此我认为他不会孤独，不会贫穷，不会背井离乡，不会郁郁寡欢，不会是一个求助者，而是一个赞助者，一个恩主和幸福的人。性格就是一切事物的中心，不可被置换或推翻。一个人应当给人一种持重感。社会是轻浮的，它把岁月撕成碎片，它把会话割裂成礼仪和消遣。然而，如果我去看一个有头脑的人，如果他给我一些小恩惠，小殷勤，我就认为自己遭到了怠慢，而宁肯他岿然不动地站在自己原来的位置上，让我领会领会，这是否仅仅是他的抗拒；我知道我已经遇到了一种新的积极的品质——对我们俩都是巨大的振奋。很有可能，他不接受因袭的见解和做法。那种不顺从将是一种刺激物和提醒者，所以每一个探询者首先都要处置他。不成为斗争的中心就没有真实或用途可言。我们的家里回响着欢笑和闲言，但它没有多大的用处。然而粗野的、无法利用的人也许会对社会造成问题，造成威胁，社会就不会悄悄放过，而是要么崇拜，要么憎恨——各个方面的人，既有舆论的领袖，又有无名、乖僻之辈，都觉得与他有关——他有帮助，他使美洲和欧洲备受责难，并且消灭了怀疑主义，因为它说，“人是一个玩偶，让我们吃喝玩乐，这是我们所能做的最好的事情。”所用的办法是启发未经考验和鲜为人知的人。屈从现有的体制，讨得公众的欢心，这都表示信念不够坚定，头脑不够清楚，那种头脑必须看见一座房子建成，才能明白它的设计。聪明人不仅不考虑多数，而且也不考虑少数。源泉，源泉，自力活动的人，被同化的人，统帅，因为他被人统帅，自信的人，主要的人——他们都是好的；因为这些在宣布终极力量的即时存在。

我们的行为应当严格地以我们的物质为基础。在大自然里，没有错误的估价。一磅水的重力在海洋的狂风暴雨中并不比在一个仲夏的池塘里大。万物完全按照它们的质，按照它们的量在发挥作用；不做力不胜任的事，只有人除外。人总是装腔作势，他总希望尝试力不从心的事情。我在一本英国人的回忆录中读到："福克斯先生（后来的荷兰勋爵）说，他一定要有财政部，因为他已经为它服务够了，所以想要它。"色诺芬和他的"万人军"完全能胜任他们尝试的事业，所以完成了，正因为如此，人们就不怀疑那是一件无与伦比的丰功伟绩。直到现在，它还是军事史上空前绝后的高水准。自那以后，尝试者并不乏其人，但都心余力绌。任何行动的力量必须以现实为根据。任何一个建制不会比创建者更优越。我认识一个和蔼可亲、卓有成就的人，他着手搞一项实际改革，可是我从来没有发现他身上有他所尝试的爱的胆识。他靠道听途说和读书获得的领悟来进行这项改革。他的一切行动都是试探性的，是一座搬到田野里去的城市，而且仍然是城市，没有新的事实，所以激发不出热情来。如果此人身上有一种潜在的力量。一种可怕的、未露的天才使他的举止不安而尴尬，我们就要拭目以待了。智能看见了邪恶和补救的办法，这还不够。我们仍然会延宕我们的存在，也不会占领我们应得的阵地，而它仅仅是一个思想，而不是一种激励我们的精神。我们还没有为它准备好。

这些就是生命的性质，另一个特点就是不断生长的公告。人们应当聪明认真，他们也必须使我们感到：他们前面有一个有控制作用的幸福的未来，它把一种灿烂的光辉照到目前的时刻上。英雄总遭到误解和歪曲，所以他无法等着弄清任何人的错误，他又继续上路，给他的领域增加新的力量和光荣，对你的心提出新的要求，这种要求使你破产，如果你在旧事物中流连忘返，没有增加你的财富跟他保持关系的话。新的行动仅仅是旧行动的辩解，这是高尚的人唯一能够提供和接受的。如果你的朋友使你不快，你不能坐下来考虑这件事，因为他已经把经过忘得一干二净，而且已经倍增了他的力量为你服务，还没等你再站起来，就会给你无限的幸福。

我们并不喜欢考虑一种仅仅由它的成果所衡量的仁

慈。爱是无穷无尽的，如果它的庄园废了，它的粮仓空了，它仍然使你欣喜、富足。而人虽然在睡觉，他似乎还在净化空气，他的房屋似乎在美化风景，强化法则。人们总是承认这种区别。我们知道谁是慈善的，不是看他给救济团体捐赠的数量，而是另有识别的办法。可以列举的只不过是一些低级的功绩。当你的朋友们给你说你把什么事干得挺好，把话讲透，你就害怕；可是当他们站着，流露出游移不定的胆怯目光，半尊敬，半厌恶，而且一定要把他们的看法保留多年再说，你也许抱有希望。对那些立足于现在的人来说，那些立足于未来的人总是显得自私。因此，那就是好心人里默尔笔下的小丑。里默尔写了回忆歌德的文章，罗列了一张关于歌德的捐赠和善行的清单：多少塔勒给了施蒂林，多少给了黑格尔，多少给了蒂施拜因，给福斯教授找了一个肥缺，给赫德尔在大公爵手下谋了一个职位，给迈尔谋求到一笔年金，把两位教授推荐给外国的大学，等等，最长的救济金明细单看上去也非常简短。如果要把人这样衡量，他就是一个可怜的动物。因为凡此种种都是例外；而一个好人的规矩和现世生活就是善行。歌德的真正慈善举动可以从他给爱克曼博士描述的花钱的方式中推断出来。“我的每一句妙语都值一袋黄金。我自己的金钱，我继承的财产，我的薪金，我 50 年写作的大笔收入，50 万都花在教给我现在我所掌握的知识上了。我还看到……”云云。

我承认去罗列这种简单而迅速的力量的特点只不过是扯淡，就等于我们在用炭笔画闪电，然而在这些漫长的夜晚和假期，我喜欢这样聊以自慰。除了这种力量本身，什么也不能模仿它。一句出自内心的热情的话使我富有。我一受指点就顺从了。在这种生命之火之前，文学天才多么冰冷啊！这些就是那振奋我沉重的灵魂的接触，它们还把能刺穿天性的黑暗的眼睛赋予我的灵魂。我发现，我在哪里认为自己贫困，我在那里就最富有。从而就有一种新的智力昂扬，再次遭到某种新展示的性格的责难。吸引和排斥的奇怪交替！性格摒弃智力，却又激发它；性格进入思想，就这样被表现出来，然后又在道德价值的新奇的闪光前自惭形秽。

性格是最高形式的自然。模仿它或抵抗它都是徒然。对这种力量的少许抵抗、坚持、创造都是可能的，因为它将会挫败全盘的模仿。

这种杰作只有在大自然插手的地方最为出色。当心，注定有大作为的人将会在阴暗处滑进生命，没有千眼的雅典注视并炫耀青年天才的每一种新思想、每一种令人脸红的感情。最近有两个人——至高无上的上帝的两个孩子——给了我思考的机会。当我探索他们神性的来源和对于想象的魅力时，仿佛每一个都在回答：“由于我不顺从，我从来没有倾听过你们这些人的法则，或者他们称之为他们的信条的东西来浪费我的时间。我满足于我自己的法则的简陋贫困，因此也满足于这种甜蜜，我的工作从来没有使你想到那种情况——与那种情况无缘。”大自然在那样的人身上替我大肆宣扬：在民主的美国，她不会被民主化。与市场和丑闻彻底隔绝！正是今天早晨，我才把这些林神的一些野花送走。它们是对文学的一种调剂——这些都是从思想感情的源泉吹来的一股股清风，就像我们在一个讲究优雅和批评的时代读了一个民族最初的几行散文和诗歌一样。他们对他们心爱的作品是多么入迷，不管是埃斯库罗斯、但丁、莎士比亚，还是司各特，就好像感到他们和那本书利害攸关似的，谁触动了那本书，就等于触动了他们——尤其触动了批评家的完全孤独，那个他写作所依赖的思想来源帕特莫斯岛——因为他没有意识到竟然有人会读这种作品。但愿他们像天使一样能继续做梦，不会醒来比较，受到恭维！然而有些天性十分健全，是不会被捧杀的，哪里思想的血脉伸入深沉的地方，哪里虚荣就不会造成危险。严肃的朋友将会警告他们：有被大吹大擂冲昏头脑的危险，然而他们只是付之一笑。我还记得一位雄辩的卫理公会教徒对一位神学博士好心的规劝表示愤怒——“我的朋友，一个人不能受赞扬，也不能遭侮辱。”然而原谅这些忠告吧；它们都是天经地义的。我记得某些有头脑的外国宗教界人士来到美国时我想到的就是：你们被带到这里来是否上了当？——或者在回答这个问题之前先回答我这样一个问题：“你会上当吗？”

如我所说，大自然亲手掌握着这些主权，不管我们的布道和戒律怎样冒失地分配荣誉，怎样宣讲法律在塑造公民，大自然仍然我行我素，使最有智慧的人蒙受冤屈。她非常蔑视信条和先知，就像一个还可以生育很多子女，而在哪一个身上都没有过多的时间好花的人。有一类人，其中的个人每隔很长时间才会出现，他们具有突出的洞见和美德，被人们一致奉若神明，他们似乎积累了我们所看重的那种力量。神圣的人物就是天生的性格，或者借用拿破仑的一句话来说，他们是有组织的胜利。人们通常对他们怀有恶意，因为他们新奇，因为他们限制了对前一个神圣之人的人格所做的夸张。大自然从来不使她的孩子同声相应，同气相求，从来不把两个人创造得一模一样。我们看见一个伟人时，我们便想着他与某个历史人物相似，还预言他的性格和命运的结局，他肯定会使这种结果落空的。除了按照自己前所未有的高明方式，如果根据我们大家的偏见，谁也不会解决自己的性格问题。性格需要空间，不可遭受人们拥挤，也不可根据从繁忙的事务或几个场合获得的咫闻管见来判断。就像一座大建筑物，它需要远景。它也许不会很快地建立关系；我们也不应当要求它的行动对大众道德标准或我们自己的道德标准做出草率的解释。

我把雕刻看作历史。我并不认为阿波罗和乔武不可能有血有肉。艺术家用石头所记载的每一个特点，他在生活中早就看见了，而且比他模仿的还要好。我们虽然见到了许多假冒，但我们天生就相信伟人。我们多么容易地在古书上读到了创始人的最渺小的行动，因为那时候人还不多。我们需要一个人在风景中显得高大如柱，这样就值得把下述情况记载下来，他站起来，准备行动，并即将获得成功。最可信的图画画的就是威严的人们能先声夺人，使人立即心悦诚服；就像被派去检验塞尔图什特或琐罗亚斯德的能耐的东方魔法家所遇到的情况那样。波斯人告诉我们，当那位尤那尼圣人到达巴尔赫时，古什塔斯普指定某一天，每个国家的头目都集合起来，他们对这位尤那尼的圣人专门摆了一把金椅子。后来亚兹丹所敬爱的人先知塞尔图什特走进了会场，那位尤那尼圣人一看见那位头目，就说道：“这种样子，这种气派不会有假，从那里只能产生真理，不会产生别的。”柏拉图说：“不可能不相信诸神的子孙，尽管他们说起话来没有可能性很大的或者必不可少的论据。”如果我不相信历史上最好的事情，我就会觉得自己跟同事们格格不入。弥尔顿说：“约翰·布拉德肖俨然是个执政官，束棒不会随着岁月从他手中离开；因此不仅在法庭上，而且在他的整个一生中，你都会认为他在审判国王。”我发现：一个人像中国人说的那样，知天，比那么多人了解世事更为可靠，因为那是先知先觉。“君子……质诸鬼神而无疑，百世以俟圣人而不惑。质诸鬼神而无疑，知天也。百世以俟圣人而不惑，知人也。是故君子动而世为天下道。”然而没有必要寻找远古的例子。谁的经验如果没有教会自己像明白化学的实在和力量那样明白魔法的实在和力量，谁的观察能力就非常迟钝。就连最冷静的墨守成规的人一出门也不会不遇到一些莫名其妙的影响。一个人死死地盯着他，记忆的坟墓把它们的死者交出来；那无论保护还是泄露都使他处境可悲的秘密一定要泄露出来——还有另一个人，他又无法说话，他身上的骨头似乎丧失了它们的软骨；来了一位朋友，就给他增添了优雅、大胆和辩才；还有一些人他别无选择，只有牢记心头，因为他们给他的思想一种超验的扩张，在他的胸臆里点燃了另一个生命。

当这些严格的和睦关系从这种深根里长出来时，还有什么有它们那样美好呢？怀疑主义者怀疑人的力量和内涵，对这种人的充分回答就在跟人的快乐交流的可能性里，因为这种可能性造就了一切有理性的人的信仰和实践。我不知道还有什么生命必须提供的东西能像深刻美好的理解那么令人满意，经过多次的互相关照，这种理解就能够在两个高尚的人中间存在下来，他们俩既相信自己，又相信朋友。那是一种幸福，它把别的一切满足都置于次要地位，使政治、商业、教会都贬值。因为如果人们将要像他们应当相会的那样相遇，每个人都是一个恩主，一窝明星，有思想，有行动，有才华，那就应当是万物所宣告的大自然的节日了。异性之爱则是那种友谊的首要象征，就像别的一切都是爱的象征一样。我们还一度把这些与人中翘楚的关系看成青年的传奇，而在性格的进步中，它们却变成了最实在的欢乐。

要是有可能跟人们在正当的关系中生活那该多好！——要是我们能避免向他们要任何东西，不要求他们赞扬、帮助、怜悯，而满足于迫使他们享受最古老的法则的好处，那该多好啊！难道我们不能按照不成文法对待几个人——对待一个人，并实验一下这些法律的功效？难道我们不能向我们的朋友表示真诚、沉默、克制的赞扬？难道我们要如此迫不及待地追求他？如果我们有缘，我们必然能够相会。古代的传说就说，变形不会把一个神瞒过一个神；希腊人有这么一句诗：

诸神不会不相知。朋友也遵循神圣的必然规律；他们彼此吸引，而不是相反——

如果他们互相回避，那就彼此最为欢喜。他们的关系不是生造的，而是被允许的。诸神必须不用管家而亲自坐在我们的奥林帕斯山上，而且尽可能按神圣的资历排好座次。如果要劳力费神，如果朋友们要走一英里路才得相见，社会就完蛋了。如果它不是社会，那就成了一种有害的、下流的、堕落的喧闹了，尽管是由精英们构成的。每一个人的伟大发挥不出来，每一种缺陷却在煞费苦心地活动，仿佛奥林帕斯山上的诸神居然相会去交换鼻烟盒似的。

生活行事草率。我们在追逐某些飘忽的计划，或者某种恐惧或命令在后面追逐我们。然而，如果我们突然遇见一位朋友，我们便停下来；我们心急火燎，行色匆匆，看上去十分愚蠢；现在需要的就是停顿和镇静，还有用心智壮大时机的力量。在一切的高尚关系中时机就是一切。

一个神圣的人就是思想的预言；一个朋友就是感情的希望。我们的真福等待着二者在一个人身上实现。时代开放了这种道德力量。一切力量都是那种力量的影子或象征。诗歌欢乐而有力，因为它从那里汲取了它的灵感。人们把自己的名字写在世界上，因为他们充满了这种力量。历史一直是卑鄙的；我们的国家都是乌合之众；我们从来没有看见一个人，那种神圣的形体我们还不得而知，我们所知道的只不过是对那种形体的梦想和预言；我们不知道属于他的那种威严的仪态，它使观望者欣慰。总有一天，我们将会看到最大的隐私就是最公开的力量，质要偿还量，性格的光辉在黑暗中行动，救助那些从来没有看见过它的人。已经出现的一切伟大，是对朝这个方向走的我们的开端和鼓励。世界已经写下来、然后顶礼膜拜的那些神和圣徒的历史，就是性格的文献。各个时代为这样一个青年的态度而欣喜：他把什么都不归咎于命运，他被绞死在他的祖国的刑场上，他借助自己纯洁的天性把一种史诗般的光辉照耀在他的死亡的事实周围，对于人类的眼睛来说，这种光辉已经把每一个细节都改变成一种普遍的象征。这种巨大的失败是迄今为止我们最重大的事实。然而思想需要一种对于感官的胜利，一种将会转变法官、陪审团、士兵和国王的性格力量，它将会主宰动物和矿物的效能，它将汇入体液、河流、风、星辰和道德力量的流程。

如果我们不能一下子达到这样的显赫，至少让我们向它表示敬意。在社会上，重大的优点是作为缺陷赋予占有者的。这就需要我们个人评估时更加谨慎从事。我的朋友们如果不能了解一种优秀的性格，没有对它表示感激，殷勤接待，我是不能原谅的。到了最后，我们梦寐以求的东西来了，从那遥远的天国射出快乐的光辉，照耀在我们身上，到那时，粗俗、挑剔、用市井小人的无聊和怀疑对待那样一位贵宾，就表明了好像要把天国拒之门外的庸俗。当灵魂不再有自知之明，也不知道它的忠诚、它的宗教在哪里适当时，这就是混乱，这就是地道的癫狂。在存在的浩瀚的沙漠里，我们所珍视的圣洁的感情已经开成了一朵花，而且就是为我而开的，除了知道这一点，还有什么宗教吗？要是没有人看见这朵花，我却看见了它；哪怕只有我一个人，我仍意识到这种事实的伟大。当花儿开放时，我就要守我的安息日或圣时，暂停我的忧郁、我的愚蠢和玩笑。这位贵客临门，天性得到尽情的流露。有许多眼睛能察觉并尊重那种谨慎的、家常的美德；有许多眼睛能在他星光灿烂的轨道上发现天才，不过群氓是办不到的；爱是忍受一切、回避一切、激发一切的，它对自己发誓：宁肯在这个世界上当一名可怜虫和一个傻瓜，也不愿以任何屈从玷污自己洁白的双手，当这种爱来到我们的街头和住宅时——只有纯洁和有抱负的人才能认出它的面庞，他们向它表示的唯一的赞赏就是占有它。

礼物

一个爱我的人的礼物，

它来的正好就是时候；

一旦他不再把我爱慕，

它搁着就令人羞愧难受。

据说世界处于一种破产的境地，世界欠世界的债已经到了世界无力偿还的地步，所以应当到衡平法院去被拍卖掉。这种总的破产状况多多少少涉及所有的居民，但我并不认为这就是圣诞节、新年或其他时候在赠送礼物时遇到困难的原因；因为尽管还债很伤脑筋，但慷慨总令人愉快。然而选择礼物时总会遇到麻烦。如果什么时候，我突然想起：我应当给某人送一件礼物，我总是拿不准给什么好，结果竟然错过了时机。鲜花和水果总是适当的礼物；因为鲜花傲然宣称：美的光辉胜过世界上所有的实用品。鲜花的快乐天性跟普通天性的严厉面孔形成了鲜明的对比。那就像从一座贫民院传来的音乐。大自然并不溺爱我们，我们是孩子，不是宠物，她不太喜欢，对于我们，一切都按严格的宇宙法则办事，既不怨恨，也不偏爱。然而这些娇嫩的鲜花看上去像爱和美的戏弄。人们经常告诉我们，我们喜欢恭维，尽管我们并不上恭维的当，因为它表明，我们是举足轻重的人物，应当被人奉承。鲜花给我们的就是那样的快乐，这些甜美的暗示向我表示出来，我是什么样的一位人物呢？水果也是受欢迎的礼物，因为它们是商品之花，而且可以给它们附加上不同凡俗的价值。如果有一个人打发人来请我走一百英里路去拜访他，又在我面前摆了一篮子上等的夏季水果，我认为辛苦和报答还是相称的。

必要每天都在为一般的礼物创造适当和美，当一种需要不容许一个人选择时，他还是很高兴，因为门口的那个人没有鞋子穿，你就不必考虑你是否能给他弄一个颜料盒。看见一个人在家里或户外吃面包、喝水总是令人欣喜，同样，提供这种第一需要总是一大乐事。必要把每件事都办得很好。在我们普遍依赖的状况下，让请求者判断他的需要，而且尽管极为不便，仍然满足他的一切要求，似乎是一件英雄行为。如果那是一种荒唐的愿望，把惩罚他的任务最好留给别人。我可以想到很多角色，比起复仇女神的角色我更喜欢扮演。除了必需的东西，我的一个朋友所规定的礼物的原则是：我们可以给一个人赠送符合他的性格，而且容易跟他的思想产生联系的东西。然而，我们表示敬爱的纪念品大部分都是粗俗的。戒指和其他珠宝不是礼物，仅仅是聊充礼物的替代而已。唯一的礼物是你自己的一部分。你必须为我流血。因此诗人送自己的诗；牧人送自己的羊羔；农民送谷物；矿工送宝石；水手送珊瑚和海贝；画家送自己的画；姑娘送一块她亲手缝制的手绢。这是正当的，令人欣慰的，因为，当一个人的传记在他的礼物中表现出来，每个人的财富就是他的优点的标志时，这就使社会在很大程度上恢复到它的基本水平。然而，当你到商店里为我买一点东西，它所代表的不是你的，而是金匠的生活和才干时，那就仅仅是一种冷若冰霜、死气沉沉的交易。把金银制品作为一种象征性的罪恶赠品或敲诈报偿赠送，只适合国王以及代表国王的有钱人，适合一种虚假的财产状况。

恩惠的法则是一条艰难的渠道，需要航行仔细，船只坚固。接受礼物不是一个人应有的职责。你怎么敢送礼呢？我们希望自给自足。我们不大原谅一个赠送者。喂养我们的那只手有被咬的危险。我们可以接受爱所给的任何东西，因为那是一种接受我们自己所给的东西而不是接受认为是在赠送礼物的人所给的东西的方式。我们有时候憎恨我们吃的肉，因为靠它生活似乎有点儿仰人鼻息的味道。

兄弟，如果天神送礼物一件，当心，从他的手里你却得不到兑现。我们全都要，少一丁点儿我们都不会满意。如果社会在工、火、水之外，不给我们机会、爱情、尊敬和崇拜的对象，我们就对社会横加指责。

谁能够很好地接受一件礼物，谁就是一个好人。对于一件礼物我们要么高兴，要么遗憾，两种情绪都不得体。当我们对一件礼物感到欣喜或难过时，我想，就等于在伤害感情，贬低人格。当我的独立受到侵犯，或者不了解我的精神的那种人送来一件礼物时，我感到遗憾，因此就不会支持这种行动；如果这件礼物使我大喜过望，我就会羞愧，因为馈赠者猜透了我的心思，知道我爱的是他的东西，而不是他。的确，这件礼物必须是给予者流向我的水，也就等于我的水流向他。当水在一个平面上时，我的东西就传给他，他的东西就传给我。他的一切都是我的，我的一切全是他的。我对他说，当你的油和酒就是我的油和酒时，你怎么把这罐油或这瓶酒给我呢？这个礼物似乎在否定我的哪一种信仰呢？从这里就可以看出美的东西而不是有用的东西适合做礼物。这种馈赠是断然的侵占，因此，如果受益人忘恩负义，就像所有的受益人都恨所有的泰门一样，根本不考虑礼物的价值，而只是回头窥视礼物的更大的来源时，我宁肯同情那受益人，而不同情泰门老爷的愤怒。因为希望别人感恩戴德是可鄙的，因此，不断受到受赐者的麻木不仁的惩罚。能够安然无恙、心安理得地摆脱一个不幸要受你照顾的人真是莫大的幸福。这种受惠于人的处境是一个大包袱，欠债者自然想给你一记耳光。给这些先生的一句金玉良言正是我对佛教徒推崇备至之处，佛教徒从来不表示感激，他说：“不要奉承你的施主。”

我认为产生这些矛盾的原因就是人跟礼物格格不入。对于一个宽宏大度的人，你什么也不能给。你刚刚替他效过劳，他又立即用他的宽宏大度使你欠了情。一个人给他的朋友的帮助，如果跟他所知道的他的朋友准备要给他的帮助相比，是微小自私的，就跟他尚未开始帮助他的朋友时一样，也跟现在一样。跟我对朋友怀的美意相比，我能够给他的好处似乎是微乎其微的。况且，我们相互所起的作用有好有坏，但都是随意的，因此我们听到某个愿意为某一好处表示感谢的人的谢意时，难免问心有愧。我们很少直接表现，因此必须满足于一种拐弯抹角的手法；我们很少有给人提供一种直接的好处，而那好处又被直接接受的满足。然而，正直在四面八方撒播恩惠，自己却不甚了了，赢得所有人的感谢反而感到惊奇。

我害怕冒犯爱的威严，因为它是礼物的守护神，我们切不可假装给他发号施令。让他一视同仁、不分厚薄地赠送王国或花瓣去吧。有些人，我们总希望从他们那里得到小巧玲珑的纪念品，这种希望我们还是不要停止。这是特权，不会受我们市政规则的限制。至于别的，我喜欢看到我们不能被买卖。殷勤慷慨的精华也不在意志里，而在命运里。我发现对你来说，我算不了什么；你也不需要我；你感觉不到我；然后我被人从门里推出来，虽然你给我提供了房屋和土地。帮助没有任何价值，有价值的只有相似。当我企图借助于帮助跟别人结合时，事实证明，那是一种智谋——如此而已。他们把你的帮助像苹果一样吃掉，然后又把你忘得一干二净。然而爱他们，他们就会感觉到你，并且一直喜欢你。

政治

黄金白银仅仅适宜
买来白银和黄金；
售尽天下的羊毛饮食，
只能换来类似的物品。
睿智的梅林做出预言，
伟大的拿破仑加以证实——
没有任何品种，没有任何金钱
能买到超越自身价值的东西。
恐惧、阴谋加上贪婪
都无法把一个国家支持。
用土建造的东西，
比土却更为重要——
安菲翁把城墙堆起，
福玻斯也必须建造。

倘若九位缪斯女神
和美德天使不期相遇，
发现一片大西洋别庄就在附近，
完全依照她们的设计，
绿色的果园树丫，
遮挡着炎炎烈日，
在此犁地的是政治家，
准备着播种麦子；
倘若教堂有了社交价值，
倘若议会大厦就是家室，
那么，完美的国家就会到来，
共和主义者将会自由自在。

论及国家时，我们应该牢记，它的一切制度尽管在我们出世以前业已存在，然而，它们并不是原始固有的；它们决不会凌驾于公民之上，相反，它们之中的条条款款曾经都是某一个人的行为表现；各种法律和习俗都是人们在应付某种情况时的权宜之计；它们都是可以模仿，可以更改的；我们能够使之日臻完美，也能够使之锦上添花。在青年公民的心目中，社会是一个幻象。它僵卧在他们的面前，具有某些名称、人物和制度，犹如一棵棵橡树，它们把根都扎向中心，将自己在四周排列得井然有序。然而，老政治家明白，社会是流动易变的；没有什么根与中心可言；然而，任何微粒都有可能突然变成运动的中心，进而驱动整个体系围绕它旋转。庇西特拉图、克伦威尔等意志坚强的人物这样做过一个时期；而柏拉图、保罗等拥有真理的人，永远都在这样做。政治依赖于必要的基础，不可对它轻举妄动。共和国有许多青年公民，他们相信：是法律创造了城市；他们相信：政策和生活方式的重大改变，以及居民的职业、贸易、教育和宗教都可以通过投票决定取舍；他们相信：任何措施，尽管荒唐可笑，只要能够获得足够的赞同使之成为法律，都可以强加在一个民族头上。然而，只有贤者懂得：愚蠢的立法不过是一条沙结的绳，拧一下就会荡然无存；国家必须遵循而不是领导公民的性格和进步；再强悍的僭主都会遽然倒台；唯有那些依赖理念的人才会永立不败之地。盛行的政府形式就是能够接受它的公民们的修养的表现。法律无非是一本备忘录。我们是迷信的，我们尊崇法律，它在人们的性格中所具有的那种勃勃生气就是它的威力。法律站在那里说：昨天，我们是如何如何地协调一致，而今天，你们对这条法规有何感受？我们的法律是一种货币，上面拓印着我们的肖像，它很快就变得无法辨认，久而久之，我们又得将它送回造币厂。天性不讲民主，也不赞成君主立宪，只主张独断专行。她的权威不允许她那鲁莽透顶的儿子进行丝毫的愚弄或削弱。公众的思想一旦表现得更为明智，法典的残暴和木讷就会昭然若揭。法典把话讲不清楚，所以人必须叫它讲清楚。与此同时，对一般思想的教育从来没有停止过。纯真质朴的人们的幻想有预言的作用。稚嫩而富有诗才的青年今日所梦想、所祈求、所描绘，但又避开高谈阔论之讥的一切，必定很快成为公众团体的决议，随即，就被作为冤情和人权法案贯穿于冲突和战争的始终；继而，必将成为成功的法律和机构而百年不衰，直至它反过来又被新的祈愿和蓝图取而代之。国家的历史勾勒着思想进步的轮廓；国家的历史远远追随着微妙的文化和志向。

政治理论控制了人们的思想，人们已经在他们的法律和革命中把它做了尽可能完美的表达。政治理论的要旨在于，政府存在的目的有两个——一是保护人身，二是保护财产。关于人，人人都有平等的权利，因为天性相同。当然，这种权益会竭尽所能要求一种民主。然而，尽管人的一切权利都是平等的，但由于接近理性的途径不同，他们的财产所有权就大相径庭。有的人只拥有自己的几件衣服，有的人则拥有一个县。这种意外主要取决于每个人手段的高低和德行的优劣；其次，还取决于遗产，所以，这种意外的出现就不会平等，当然，所得的权利也就有天壤之别。个人权利一般来讲是相同的，因此就需要一个以人口比率为基础建立起来的政府，而财产则需要一个以占有者和占有的比率为基础建立起来的政府。拉班牧养着牛羊，他希望他的牧群受到边境官员的关照，以防米甸人把它们赶走，因此，他要纳税。雅各没有牛羊，所以用不着害怕米甸人，当然也用不着向官员纳税。拉班和雅各都拥有同等的权利来选举官员，以保护他们的人身安全，然而，只有拉班，而不是雅各，应当选举保护牛羊的官员，这似乎是顺理成章的。如果出现要不要额外增加官员或建造瞭望台的问题，拉班、以撒以及那些必须卖掉部分牛羊来换取对剩余牧群保护的人，对此一定不会比雅各更加赞成，也不认为比雅各拥有更多的权利；因为，后者是一位青年人，是一位旅行者，他口中的面包不是自己的，而是拉班他们的。

在原始社会，所有者创造了自己的财富。在任何公正的社区里，只要财富由所有者亲手获得，财产，就应该制定财产法；人，就应该制定人权法，这样的主张便应运而生。

然而，财产却会通过赠送或继承传给那些不创造财产的人。一方面，赠品使得财产落在新的所有者手中与劳动使它为第一个所有者占有同样无可厚非；另一方面，法律确定了对遗产的所有权。在人们看来，这种所有权都是有效的，因为，根据他们的判断，公众对此颔首默许。

然而，虽说人们乐于接受财产应当制定产权法、人应该制定人权法的原则，但要把它充分体现出来，倒并非一件轻而易举的事情，因为，人和财产在一切交易中掺杂相混。最后，问题似乎这样地得到了解决——根据斯巴达人所谓的“公正的就算平等，平等的不算公正”的原则，有产者应当比无产者享有更多的公民选举权，这就成为正当的区别。

这条原则似乎已不再表现得像从前那样不证自明。部分原因是，人们已经开始怀疑：法律是否过于重视财产，是否在我们的惯例中允许了一种富人剥削穷人，并使穷人永远贫穷的结构；然而，主要原因则是，人们怀着一种本能的意识——不管是怎样朦胧且难以言传——按目前的财产保有权，关于财产的一切法律都十分有害，它对人的影响是败坏性的：事实上，国家应该考虑的唯一的利益是人，财产总是跟随人的；政府的最高目标就是要提高人的文化素养。如果人们能够接受教育，制度就会随着人的改善而改善，而道德情感就会写出国家的法律。

如果很难把这个问题摆公平，那么，当我们注意到自己的自然防卫时，危险就比较少。保卫我们的哨兵要比我们共同选举出的那种地方长官对我们的警戒出色。社会主要是由青年及愚人组成的。那些年长的人已经看穿了法庭和政客的伪善，他们死后，并没有给子孙后代留下任何智慧。青年人，非常相信自己的报纸，他们的父辈在这个年龄时也是这样。由于大多数公民的无知和轻信，国家不日将趋于崩溃。然而，还存在着一些限制，统治者的愚蠢和野心是无法超越它们的。人有人的法则，物有物的规律，万物都不容小看。财产要受到保护。不播种不施肥，庄稼就不会生长；然而，如果农民没有百分之九十九的收获可能，他也不会去播种和锄草。无论采用什么方式，人和财产必将发挥各自合理的影响。他们发挥自己的力量，就像物质产生自己的引力一样坚定。不管你把一磅土包得多么巧妙，然后把它分而又分；再将它熔化成液体；再将它蒸发成气体；它所称的重量还是一磅。这包土也将充分依赖一磅之重吸引和排斥其他物质。一个人的天性、才智以及道德力量会在任何法律或灭绝人性的暴政之下发挥出自己的威力——要么公开，要么隐蔽；要么合法，要么违法；要么依赖公理，要么使用强权。

个人影响的范围是不可能确定的，因为人是道德或超自然力量的工具。一种观念，如公民自由、宗教情感，要是迷住了千千万万人的心灵，那么，在一个观念的支配下，人的力量不再是计算的对象。一个国家万众一心要自由，要征服，就很容易推翻统计学家的计算，并采取一些他们力所不及的过火行动；就像希腊人、撒克逊人、瑞士人、美国人、法国人曾经做过的那样。

同样，财产自己的引力属于一点一滴的财产。一分钱，就是一定量的谷物或其他商品的代表。它的价值寓于动物人的必需品之中。它纯粹是温暖，是面包，是水，是土地。法律可以随意处置财产的所有者，法律正义的力量将仍然依附着这一分钱。法律，也许会异想天开，说道：人人将拥有权力，只有财产的所有者除外，他们没有选举权。然而，根据一种更高级的法律，财产将年复一年地写出尊重财产的每一条法令。非所有者将会变成所有者的抄写员。所有者想干什么，财产的一切权力就会照办，或诉诸法律，或无视法律。当然，我说的是所有的财产，不仅仅指大的房地产。当富人获得的选票少（这是司空见惯的事了）时，正说明穷人的共有资金超过了他们的积累。每个人都拥有一点东西，哪怕只是一头牛，一辆小推车，或者自己的一双手，所以，他就有了那种可支配的财产。

因此，就有必要保护人权和财权，防止地方官吏的狠毒或愚行的侵害，这种必要性决定了统治的形式和手段。每个民族及其思维习惯都有自己特有的形式和手段，绝对不能转嫁给其他的社会形态。在这个国家，我们对于我们的政治制度深感自负；它们在这一点上是独一无二的：就今人的记忆所及，它们萌生于民众的性格和状况，它们依旧忠实地反映着民众的性格和状况，因而，我们喜爱它们胜过历史上的别的任何制度，把它们说得天花乱坠。它们并不见得比别的制度优越，只不过对我们更加合适罢了。我们也许善于维护现代民主体制的优势，然而，对于其他社会形态而言，由于那里的宗教尊崇君主体制，方便的则是那一种，而不是这一种。民主备受我们欢迎，是因为民主与当代的宗教情感更为和谐一致。我们生来就是民主主义者，所以就没有资格评价君主制度。而我们的父辈，生活在君主观念之中，对于他们，相对而言，君主制也是正确的。然而，我们的制度尽管与时代精神合拍，并没有免除那些使其他社会体制失信的实际缺陷。现存的每一个国家都是腐败的。诚实的人切不可过于虔诚地遵从法律。古往今来，“政治”一词表示的就是“奸诈”，暗示国家就是一场骗局，所以对政府的什么讽刺能抵得上“政治”这个字眼所传达的严厉责难呢？

很多国家都分成若干党派，充当政府的反对者和拥护者，这些党派也有同样的利弊。党派是凭直觉建立起来的，因此，要达到低级的目标，直觉的指引胜过领袖的睿智。它们的起因中，并没有任何悖理的东西，只是过分地注意实在而持久的关系而已。我们谴责一个政党也许就像谴责东风或寒霜一样没有道理；因为，政党的成员绝大多数都说不清他们的社会地位，只是为保护他们切身的利益而努力奋斗。当他们秉承某个领袖的意旨放弃这个深厚、天然的基础，只是考虑个人利益，全力以赴坚持和维护根本不属于他们的体制的目标时，我们与他们的争吵即告开始。一个党派一直遭受着要人的败坏。尽管我们宽恕了组织的欺诈，对他们的领袖却不能轻饶。他们捞取了指挥的群众的驯服和热忱这样的报酬。一般而论，我们的党派只是讲时务的党派，而不是讲原则的党派，种植业的利益同商业利益互相抵触；有资本家的党，有劳动者的党；有道德本质相同的党，也有在支持他们的许多措施时能够轻易互换立场的党。讲原则的党，如像宗教派别，自由贸易党，提倡普选的党，主张废奴的党，鼓吹废除极刑的党，它们都退化成要人了，否则倒能激发出热情。在我们这个国家，主要党派的弊端（这一点可以被当作这些舆论团体的一个样板）就是，它们没有扎根于它们应有的深厚而必要的土地上，而常常在采取对全民毫无用处的局部而暂时的措施时暴跳如雷。现在，两大党几乎分治了整个国家：在我看来，一个具有最伟大的事业，另一个拥有最优秀的人才。哲学家、诗人或宗教人士无疑要与民主党人一道投票支持自由贸易和普选权，赞成废除刑法中的残暴行为，赞成千方百计为青年和贫困者提供致富、掌权的途径。然而，当所谓的人民党把这些人作为自由主义的代表向他们推荐时，他们却难以接受；因为，在那些人的灵魂深处，根本没有那些给"民主"的名义赋予它所包含的希望和美德的目的。我们美国的激进主义精神具有破坏性和盲目性；没有仁爱，没有远大而神圣的目标，只有出于仇恨和自私的破坏性；另一方面，最稳健、最能干、最有涵养的人组成的保守党却胆小怕事，仅以保护财产为己任。它不维护任何权利，不追逐任何实利，不指责任何罪行，不提出任何慷慨的政策，它不创造，不写作，不珍爱艺术，不鼓励宗教，不创办学校，不促进科学，不解放奴隶，不帮助穷人、印第安人和外国移民。无论这两党谁来掌权，世界都不会期望在科学、艺术或人道方面得到与该国资力完全相称的利益。

我不会因为这些缺陷就对我们的共和国丧失信心。我们不会任凭机缘随意摆布。在野蛮的党派之争中，人性总发现自己受到人们的珍视，就像人们发现植物学家的罪犯的孩子们像其他孩子，都具有一种健康的道德情感一样。封建国家的臣民对于我们堕落为无政府状态的民主制度大为惊恐。我们中间的年长者与谨小慎微的人正学着欧洲的样子怀着某种恐惧观望着我们汹涌澎湃的自由。有人说，我们肆意解释宪法，舆论又蛮横无理，所以我们无所依托。一位外国观察家认为，他在我们神圣的婚姻中找到了护身符；另一位则认为，他在我们的加尔文教义中找到了保障。费希尔·艾姆斯将君主制和共和国做了比较，更巧妙地阐述了民众安全的实质。他说："君主制就像一条一帆风顺的商船，可有时会触礁沉入海底；而共和国则好比一方永不沉没的木排，不过你的脚总是泡在水里。"当我们受到事物法则的眷顾时，任何制度都不会重要到令人感到危险的程度。只要肺部的压力足以承受，无论多少吨的大气压顶，对于我们都无关紧要。只要反作用力和作用力相等，即便质量增大千倍，也无法摧毁我们。极有阴极、阳极之分，力有向心、离心之别，两极和两力无处不在，每一种作用力都会能动地产生自己的反作用力。自由放任会导致铁一般的良心。缺少自由，由于加强了法规和礼仪，就导致了良心的麻木不仁。哪里的领袖人物越是飞扬跋扈，越是唯我独尊，"私刑"才会在那里盛行。暴徒之所以不能长存，是因为众人的利益不需要它的存在；只有正义才能满足所有人的要求。

我们必须依赖法则。人性用法律表现自己，就像用雕像、歌曲或铁路表现出的一样典型，所以各个国家法典的摘要就会成为共同良心的一种写照。政府起源于人们的道德同一性。一个政府成立的理由也被看成另一个政府成立的理由，也被看成其他任何一个政府成立的理由。无论党派怎样众多，怎样固执己见，总有一条使各党皆大欢喜的折中路线。每个人在他自己心灵的决定中发现了对他最简单的要求和行为的一种认可；他把这种认可美其名曰“真理”和“神圣”。在这些决定中，全体公民才找到了一种完全的一致，而且只有在这些决定中，而不是在什么好吃、什么好穿，什么好玩，或者每个人有权要求多少土地或社会援助之类的决定中。人们现在力图将这种真理和公正运用到丈量土地、分配工作、保护生命财产等方面。毫无疑问，他们的最初努力是非常笨拙的。然而，首脑就是绝对权力；或者说，所有的政府都是肮脏的神权统治。每个团体试图制定和修改法律的思想依据就是圣贤的意志。事实上，这样的圣贤它根本就无法找到。它千方百计做出了种种笨拙而又认真的努力来维护那位圣贤的政府，如鼓动全民对每项议案发表意见；采用双轨制选举办法选出全民代表，或者挑选最优秀的公民，或者干脆把政府交给一个有权选择自己代理人的人士，以保证办事效率和国内安定。各种政体代表着一个永久的政府，它为朝朝代代所共有；不受人数的限制，在两个人存在的地方无可挑剔，在只有一个人的地方也称心如意。

每个人的天性在他自己看来就是他的同类的性格的一幅充分的广告。我的对与错也就是他们的对与错。当我做适合于我的事，避免不适合我的事时，我和我的邻居经常不谋而合；而且还要为同一目标合作一个时期。然而，每当我发现自制能力不足，又开始越俎代庖时，我就会逾越真理，就会与他形成一种虚假的关系。也许，我的技艺或力量远胜于他，使他无法充分表达自己的错误意识；然而，这不过是一个谎言，一个使我俩都会受到伤害的谎言。爱与本性无法维持这种假装，它必须由一个可行的谎言，即一种暴力来推行。这种包办代替就是像丑怪一样存在于世界各个政府中的大错。这在多人之间和两人之间都是一回事，只不过没有那样露骨而已。我能洞察事必躬亲与差人代理之间的巨大区别；但是，假定世界上有四分之一的人告诉我必须做的事，我也许会被这种情况搞得晕头转向，连他们命令的荒谬都看不清楚。所以，一切公共的目的与个人的目的相比，都显得模糊而虚幻。这是因为任何法律，除了人们为自己制定的，都是荒唐可笑的。如果我将自己摆在我孩子的位置上，我们处在同一种思想境界，我们看到事物原来如此这般，那么，那种知觉就是我与他的法律。

我俩同在一处，都在行动。然而，如果我不把他带进那样的思想，只是窥测他的企图，而且，仅仅通过揣摸他的心思就去命令他干这干那，他无论如何是不会服从的。政府的由来正是如此——一个人的行动正好是另一个人的枷锁。一个不可能认识我的人向我征税；当他在远处看着我的时候，就命令我把一部分劳动去满足这种或那种古怪的目的，它不是我想到的，而是他想到的。且看结果如何，在所有的债务中，人们最不情愿的就是纳税。这是对政府何等辛辣的讽刺！人们认为，除去这些税款，他们把钱花在哪里都值得。

因此，我们进行的统治越少越好——统治越少，法律就会越少，私人授权也越少。要消除合法政府的这种弊端，只有依赖个性的影响和个人的发展，依赖主事人出面替换代理人，依赖圣贤的出现；必须承认，现存政府只不过是对圣贤的蹩脚的模仿而已。世间万物所衍生，以及自由、修养、交流、革命所形成和提供的正是个性；自然的目的，就是给她的国王完成这种加冕。国家之所以存在，就是为了培养圣贤。圣贤一出现，国家就随即消亡。有了个性，国家便没有必要。圣贤就是国家。圣贤无须陆军、海军和城堡，因为他爱民至深；圣贤无须用贿赂、宴席、宫殿去笼络好友；圣贤无须凭借地利、天时；圣贤无须藏书，因为他从来就不用思考；圣贤无须教堂，因为他就是先知；圣贤无须法典，因为法律由他制定；圣贤无须金钱，因为他就是价值；圣贤无须道路，因为他以四海为家；圣贤无须经验，因为造物主借其身而生，借其目而视；圣贤无须私交，因为他具有吸引全人类祈祷和虔诚的魔力，就无须栽培几个人与他分享优越而充满诗意的生活。圣贤与常人之间建立起一种天使般的关系；对他们来说，他的记忆就像毒药，而他的存在则是乳香和花朵。

我们认为，我们的文明将近如日中天，然而，我们却依然处在鸡鸣晨星时分。在我们野蛮的社会中，个性的影响仍处在幼年时期。作为一种政治力量，作为一个要把一切统治者都从宝座上拉下采的合法君主，它的存在简直还没有被猜疑到。马尔萨斯和李嘉图把它忽略了；《年鉴》上对它只字不提；《会话词典》中没有把它收入；总统咨文和女王演说对它不赞一词，然而，这并不等于它决不存在。天才和虔诚投进世界的每一种思想都在改变世界。竞技场上的格斗士透过实力和虚套的披风感受到价值的存在。在我看来，贸易的竞争和野心的较量正是这种神性的表白。在这些领域的成功无非是一些可怜的补偿；也就是羞赧的灵魂试图遮掩自己的裸体所用的无花果树叶。我处处都会发现这般勉强的忠心。正因为我们懂得了我们应当付出多少，所以我们就急欲展示一种小才以代替价值。这种伟大个性权利的良心时时萦绕在我们的心头，然而，我们辜负了这种良心。我们人人都有一点才气，都能干出一些有益的、优美的、艰巨的、有趣的或者赚钱的事情。我们那样做，就等于对别人和自己表示歉意；因为没有达到一种美好而平等的生活的标准。尽管我们极力使这点才气引起同伴的注意，但它并不能使我们满意。它可能迷惑他们的眼睛，然而，却不会舒展我们的眉头，在我们出外漫步时，也不能给我们以强者的安宁。我们一边行走，一边在忏悔。我们的才能就是一种赎罪。我们会情不自禁、含垢忍辱地思考我们辉煌的一瞬，认为它好得有点过分，而不认为它是许多行动中的一次行动，是我们永久能力的一次合理表现。大多数有才干的人在社会上都会感受到一种无言的呼吁。每个人好像都在说：“我并不是全心全意的。”总统和参议员历尽千辛万苦爬到如此高的位置，不是因为他们认为这个位置特别惬意，而是为了借此表明自身的真正价值，并要在我们眼前证明他们的男子气概。这把引人注目的交椅是由于具有了可怜、冷漠、坚强的本性而给他们的补偿。他们必须不遗余力地做力所能及的一切。这就像森林中的某类动物一样，它们除了一条善于卷缠的尾巴一无所有，它们必须攀缘或爬行。如果有谁发现自己的天性如此丰富多彩，能与最杰出的人物建立起牢固的关系，并能借助自己行为的庄严和优美将他周围的生活创造得和谐宁静，难道他就能避开组委会和报界的欢心，就能觊觎政客的那种华而不实的关系？毫无疑问，能够诚实的人是不会当一个骗子的。

时代的倾向偏爱自治观念，尽管有法规，还是让个人听命他自己的组织的奖惩。这种奖惩发挥的作用大得简直使我们难以置信，而我们却在依赖人为的约束。这种动向在现代史上一直非常显著。它在很大程度上是盲目和可耻的。然而，革命的性质没有受到起义者罪恶的影响，因为这是一种纯粹的道德力量。它在历史上从未被任何党派所采用，也不可能被采用。它将个人从整个党派中分化出来，同时，又把他跟民族联合起来。它答应要承认比个人自由或财产安全更高的权利，一个人有被雇佣、被信任、被热爱、被尊重的权利。仁爱的力量，作为立国之本，还未曾得到人们的尝试。如果不强迫所有棘手的抗议者参与某项社会公约，我们一定想象不到一切会陷入如此混乱的境地；当暴力统治末日临头的时候，我们也不会为修筑公路、传送信件、保障劳动成果等提心吊胆。难道我们现行的办法竟是如此优越，以至于一切竞争都会归于枉然吗？

难道就没有一个充满友爱的国家能够设计出更为理想的办法吗？另一方面，不要让最保守、最胆小怕事的人因为过早地交出刺刀和暴力制度而感到恐惧，因为，根据不以我们的意志为转移的自然法则，情况只能如此：哪里的人自私自利，哪里总会有暴力政府存在；然而，一旦他们非常纯洁，足以郑重抛弃这种暴力法典，他们就会十分聪明，能够看清邮局、公路、商业、财产交换、博物馆、图书馆、科学艺术机构等公共目标是怎样得到满足的。

我们生活在一个低劣的国家里，我们还要违心地为暴力政府大唱赞歌，在宗教色彩最浓、文明程度最高的国家中，在最虔诚、最有教养的人中间，就没有对道德情感的依赖，没有对事物统一的充分信仰使他们相信：没有人为的条条框框，社会也能维持得像太阳系一样好；没有监狱和私产充公的暗示，平民百姓也会通情达理，成为一个称心如意的好邻居。令人奇怪的是，任何人身上也从来没有过对正直力量的充分信任去激发他一展宏图，要根据公正和仁爱的原则复兴国家。所有自称有这种蓝图的人算不上地道的改革家，他们在某种程度上承认了腐败国家的霸权。现在有些人——如果我可以用“一些”这个说法的话——不过，更确切地说，我只是和一个人在交谈。在他看来，任何逆境的压力一刻也不能阻碍千千万万的人像朋友、情侣那样相互传达最高尚、最淳朴的感情。

图书在版编目(CIP)数据

自立 /（美）爱默生著；蒲隆译．—北京：中国人民大学出版社，2014.10

ISBN 978-7-300-19842-2

Ⅰ．①自… Ⅱ．①爱… ②蒲… Ⅲ．①随笔－作品集－美国－近代 Ⅳ．①I712.64

中国版本图书馆CIP数据核字(2014)第186329号

自立

[美] 爱默生　著
　　 蒲隆　译

Zili

出版发行	中国人民大学出版社		
社　　址	北京中关村大街31号	邮政编码	100080
电　　话	010－62511242（总编室）		010－62511770（质管部）
	010－82501766（邮购部）		010－62514148（门市部）
	010－62515195（发行公司）		010－62515275（盗版举报）
网　　址	http://www.crup.com.cn		
经　　销	新华书店		
印　　刷	北京联兴盛业印刷股份有限公司		
规　　格	890mm×1240mm 1/32	版　　次	2014年10月第1版
印　　张	9.875 插页2	印　　次	2023年8月第15次印刷
字　　数	154 000	定　　价	36.80元